Érotique du cimetière

Du même auteur

Le petit monde d'outre-tombe
Edition Cheval d'attaque. 1978

Ce volume est le 34ᵉ de la Collection
« Les Plumes du Temps »
dirigée par Jean-François Bory

Conception – Réalisation :
Agnès Deroin. Magali Martija - Ochoa

Préambulation

MILAN (Monumentale)

PARIS (Père Lachaise)

Dans son histoire naturelle Pline raconte qu'un jeune homme, éperdu d'amour pour la Vénus de Cnide de Praxitèle, s'introduisit nuitamment dans le temple et s'unit à la statue. Le profanateur s'enfuit, abandonnant Vénus souillée par la marque de sa passion satisfaite. Acte d'hyperesthésie sexuelle, fétichisme né des désirs qu'excite l'aspect de l'autre sexe, de ses représentations, ou des objets qui lui appartiennent. Désirs qui drainent toutes les puissances de l'imagination. Puissances auxquelles Gustave Flaubert succombe au cours de son voyage en Italie lorsqu'à la Villa Carlotta sans se soucier d'Amour qui n'en peut mais, il embrasse la belle Psychée sculptée par Canova. Par delà l'innocent voyeurisme qui contemple et participe sur le mode imaginaire, son trouble s'exaspère en agalmatophilie (du grec agalma: statue et philos: ami). « J'ai embrassé sous l'aisselle la femme pâmée qui tend vers l'Amour ses deux longs bras de marbre. »

Sensualisme de la sculpture évoquée par Théophile Gautier qui avoue dans ses mémoires: « J'ai toujours préféré la statue à la femme et le marbre à la chair. » Attirance charnelle pour les effigies de Vénus qu'exprime Monsieur de Peyrehorade, stupéfait et ravi, avant que n'affleurent les premiers signes du drame à venir: « Il est impossible de voir quelque chose de plus parfait que le corps de cette Vénus ; rien de plus suave, de plus voluptueux que ses contours... Ce qui frappait surtout c'était l'exquise vérité des formes, en sorte qu'on aurait pu les croire moulées sur nature, si la nature produisait d'aussi parfaits modèles. »[1]

(1) Prosper Mérimée: La Vénus d'Ille

BRATISLAVA (Ondrejsky)

Endormi ou mieux encore mort, image de pierre, de bronze, l'être aimé inanimé, incapable de voir, d'entendre, de juger, libère les impulsions les plus secrètes, autorise les vertigos les plus inavouables, face à l'inquiétante étrangeté, l'« unheimlich » suprême: douter qu'un objet sans vie soit animé. Climat érotique sans rapport avec la santé épanouie, dans lequel l'obsession, le deuil, la mélancolie, ou plus simplement le manque d'être élaborent des fantasmes au milieu de l'ombre et du mystère, de l'apparat funèbre et des apparences équivoques de la sculpture funéraire. Insondables voies de la révélation érotique qui suit les lignes de la matière, vivantes pourvu que l'imagination leur prête vie. Frontière incertaine entre le réel et l'imaginaire. Épiphanie née des hasards, des rencontres et du désir permanent de modeler le monde au gré de ses caprices, dans l'attente toujours en éveil de l'exaltant et du merveilleux.

VARSOVIE (Ewang-Augsburski)

BUDAPEST (Kerepesi)

Comme certains quartiers se révélaient magiques à André Breton au cours de ses errances, le cimetière, derrière ses murs de quartier réservé, apparaît, pour qui n'y pénètre pas en service commandé, l'un des rares et derniers refuges du rêve et de l'illusion, du différent et de l'inconnu, de l'extraordinaire et du magique. Univers mensonge nié aussitôt qu'affirmé et pourtant... Univers matériel qui permet le passage à l'univers mental pour qui sait aiguiser à l'extrême sa « perception de l'insolite », découvrir le merveilleux partout en « habile détecteur de l'insolite sous toutes ses formes », servi par une affabulation magico-romanesque« . [2] Univers suggestif où le dévoilement brutal n'a pas sa place mais où les allusions pénètrent l'esprit d'un insidieux poison, où les suggestions génèrent des impressions que le visiteur idéal -un privilégié pour qui le normal et l'anormal, le possible et l'impossible, le visible et l'invisible sont tout proches, frères d'une unique réalité- va collectionner et rassembler jusqu'à mettre en place un fantastique subtil. Univers de conjuration, de marionnettes figées dans l'attente du début du spectacle, dans un décor théâtral où, cerné par une population frôleuse, le flâneur vagabonde en comblant par le fantasme « la disproportion de ses désirs et de ses facultés. »[3]

Ainsi tout ce qui l'entoure passe d'un règne à l'autre, l'inanimé accède furtivement à la vie pour un temps compté, la certitude fait place au doute, l'irrationnel bouscule le rationnel, dans un silence qui est comme un muet acquiescement de l'environnement tout entier. Silence érotique qui dit oui sans le dire, joint à la fixité des formes qui ne se refusent pas davantage. Conjonction de pudeur palpitante et de provocation immobile pour le « voyeur désirant », qui répond à l'intensité de ses désirs mêmes.

Les chemins complexes de la révélation érotique font halte en des stations que certains auteurs à l'âme candide n'auraient pas imaginées capables de susciter l'émoi, voire l'interprétation hallucinatoire. L'érotisme affectionne le silence, le secret, l'intimité des lieux écartés et le cimetière lui propose précisément un ailleurs, presque un autre monde, presque l'« autre monde ».

(2) André Breton: Entretiens
(3) Jean-Jacques Rousseau

BRÊME - R.F.A

BERNE - Suisse

Refuge contre les contingences sociales, rempart contre le quotidien de la réalité officielle, éloigné des bruits qui rappellent le rythme de la vie active, espace-culte où le temps extraordinaire délaissant celui de l'horloge, de la loi, de la morale, semble ralenti, sinon suspendu, consitué de moments d'immobilité, tel midi en plein été dans le Cimetière marin de Paul Valéry. Univers proche de l'espace muséal dans lequel il semble à Michel Leiris que « certains recoins perdus doivent être le théâtre de lubricités cachées »[4], univers où les souvenirs accumulés tissent un climat érotique.

Dans ce territoire mystérieux, la libido, volontiers, retrouve la notion de jeu, darde le désir sur les choses et particulièrement sur les images multipliées de la femme, « cet être qui, dit Baudelaire, projette la plus grande ombre ou la plus grande lumière dans nos rêves », en un fascinant catalogue de la sensualité.

(4) Michel Leiris: L'Age d'Homme

VERONE

PARIS (Père Lachaise)

MARSEILLES (S¹ Pierre)

TRIESTE

MILAN (Monumentale)

Monde des yeux fertiles dans l'espace magique duquel le visiteur disponible, sollicité par les formes et les attitudes de l'équivoque, ému par des silhouettes toujours nouvelles, interprète les plus infimes indices de séduction et répond aux plus légers signaux. Alors, comme Don juan obsédé par la recherche de la différence dans la mesure même où ces différences font entrevoir des plaisirs tout neufs, notre visiteur d'occasion, devenu collectionneur, ouvre les pages d'un journal de voyage d'un nouveau genre. Une curiosité bien ordinaire transfigurée en passion, esclave de la diversité, semper infidelis, à la poursuite d'un constant renouvellement du funéraire objet aimé, ajoute sans cesse de nouveaux feuillets au recueil et y dessine peu à peu, sur une singulière carte du Tendre, un étrange itinéraire amoureux. Une femme dans chaque port... Plaisir des retrouvailles parfois en un lieu déjà visité, mais il ne s'agit plus dès lors que de tendre habitude, émotion plus délicieuse ô combien lorsqu'au détour d'une allée, à l'ombre d'une chapelle, une forme jamais rencontrée renouvelle l'enchantement.

ZURICH (Sihfeld) Suisse

BRUXELLES (Evere)

GÊNES (Staglieno)

« L'essentiel, n'est-il pas, de ne pas connaître la partenaire? »[5] L'érotisme n'est-il pas d'aimer en la femme le genre plutôt que la personne?

Rencontre pure, hors de toute responsabilité, sans engagement ni conséquence, gratuite et raffinée, mais qui à l'égal de ces visions fugitives de la vie quotidienne et de la promenade boulevardière, laisse une empreinte indélébile.

Espoir d'un plaisir inouï que l'on sait impossible, précisément plus fort que le plaisir lui-même rejeté au bout du chemin le plus long et le plus indirect, différé jusqu'à le rendre inaccessible, « le plaisir de jouir indéfiniment reporté ».[6] Plaisir spirituel d'abord, sous le charme d'une forme de séduction étrangère à l'ordre naturel. Se laisser détourner de sa voie, être amené à l'écart au propre et au figuré par un rituel pervers, à sens unique, même si le jeu consiste à croire le contraire, se laisser charmer non pour satisfaire aux impératifs sexuels et aux finalités reproductives mais pour mettre l'accent sur la pulsion plus que sur «l'objet», sur le trouble plus que sur sa résolution, sur les préliminaires plus que sur la jouissance. Dédramatisation de la relation sexuelle impliquant d'ordinaire que « l'être qui veut jouir du corps d'une femme finisse invariablement par jouir de ses propres organes et se prive par là même des moyens de jouir encore de cette femme. »[7] En ce lieu ce n'est pas l'assouvissement qui est le véritable objet du désir, mais ce qui l'aiguise et le nourrit, cette autre moitié du plaisir qui n'est pas l'amour physique, cette exigence de l'imagination qui fait dire à Gustave Flaubert: « La bêtise consiste à vouloir conclure. »

La promenade nécropolitaine suit un itinéraire labyrinthique et polymorphe,« nomadisme érotique » sans doute extravagant offrant tour à tour la longue délectation de l'attente et l'enivrement soudain de la découverte. Jeu de piste anarchiste et anti-social, obstination irrationnelle et mystérieuse, revendication d'indépendance à l'égard des codes et des conventions, élan aberrant qui trouve sa justification dans cette invitation au voyage proposée avant toute chose comme résultat de l'histoire particulière d'un individu, mais susceptible d'établir une communication scoptophile avec les fantasmes personnels du lecteur,

(5) André Malraux: La voie royale
(6) Hervé Gauville: Madeleine en cheveux. Libération des 13 et 14 août 1988
(7) Pascal Bruckner et Alain Finkielkraut: Le nouveau désordre amoureux

BUDAPEST (Kerepesi)

MILAN (Monumentale)

« nulle part mieux que dans l'érotisme ne pouvant s'affirmer le droit du Moi individuel. »[8] Moi poly-érotique ajouterait Havelock Ellis. « Satisfaction imaginaire de désirs inconscients dans laquelle la projection remplace l'assouvissement »[9], la création esthétique, ici rassemblement d'œuvres suggestives voire hypnotiques organisé en un parcours idéalement concentré, part à la rencontre de « l'admiration cette forme sublimée du désir, sentiment esthétique par excellence ».

Les cimetières, de tous temps, ont été des lieux où l'on pouvait pénétrer sans raison contraignante ni douloureuse. Vastes paturages ou refuges des persécutés, certains étaient, et sont encore, habités par les vivants. Les cimetières modernes nés au dix-neuvième siècle, parcs à l'anglaise ou véritables villes des morts, havres provisoires de paix à l'intérieur de la cité, tendent pour les plus fameux d'entre eux, phénomène récent, à s'incorporer aux itinéraires préfabriqués du tourisme de masse. Maurice Barrès au début de ce siècle écrivait dans ses Cahiers : « Mais surtout qu'ai-je tant aimé à Venise, à Tolède, à Sparte ? Qu'ai-je tant désiré vers la Perse ? des cimetières ; » Amori et Dolori Sacrum en 1903, inspiré par ses voyages autour de la Méditerranée, explique en partie cet engouement de l'époque : « La mort et la volupté, la douleur et l'amour s'appellent les uns et les autres dans notre imagination. En Italie les entremetteuses, dit-on, pour faire voir les jeunes filles dont elles disposent, les assoient sur les tombes dans les églises. A Paris on n'est jamais mieux étourdi par l'odeur des roses que si l'on accompagne en juin les corbillards chargés de fleurs. Sainte Rose de Lima pensait que les larmes sont la plus belle richesse de la création. Il n'y a pas de volupté profonde sans brisement de cœur. Et les physiologistes s'accordent avec les poètes et les philosophes pour reconnaître que, si l'amour continue l'espèce, la douleur la purifie... ».

Emotion donc, née dans une atmosphère spécifique peuplée de créatures d'imagination, de figures allégoriques et symboliques vêtues le plus souvent, plutôt que des périssables parures d'ici-bas, de Vertu et de Méditation, de Douleur et de Piété, de Foi et de Fidélité, objets moins prosaïques que leurs sœurs bourgeoises, les veuves éplorées irritantes de réalisme. Émotion capable à travers l'infinie paralysie du marbre confondue avec la temporaire léthargie du sommeil, de révéler à l'archéologue Norbert Hanold, dans Gradiva de Jensen, un passé sentimental endormi, avant de lui permettre de réaliser un désir oublié de son enfance. Émotion face à des inconnues qui présentent au regard leur intimité, acte qu'on ne pouvait envisager quelques minutes auparavant en d'autres lieux. Caractère fantasmatique et quasiment pornographique de l'offre faite sans qu'il ait été besoin de la solliciter, et qui dans cette foule de tentations figées ne risque pas d'effrayer le visiteur insensiblement provoqué.

Promenade photographique en forme d'incantation érotique qui ne prétend pas explorer les arcanes de l'érotisme funéraire européen encore moins qu'universel, de la première moitié du dix-neuvième siècle à nos jours, seul ensemble que l'on puisse consulter directement, mais qui se propose cependant au-delà d'un transparent érotisme personnel d'ouvrir quelques pistes, de formuler quelques hypothèses, d'oser quelques interprétations.

---

[8] Georges Bataille : Les larmes d'Éros
[9] Ange Hesnard : Manuel de sexologie

MILAN (Monumentale)

Car enfin la récurrence de la présence féminine, à côté de laquelle la fréquence de la figure masculine paraît bien comptée, interroge à la fois l'histoire de l'église et son attitude à l'égard des descendantes d'Eve, l'histoire tout court qui est aussi celle de la phallocratie tour à tour et simultanément agressive ou masquée, les mouvements littéraires, philosophiques et artistiques qui ont contribué à l'élaboration d'une tradition et ont marqué l'histoire des mentalités et des rites à l'égard de l'amour et de la mort. Romantisme et glorification de la mort ; conceptions de Schopenhauer ou de Nietzsche ; thèmes du Symbolisme et outrances du Décadentisme ; sexualité équivoque et envahissante de la fin du siècle, multiplication des sagas de fin d'un monde. Réseau enchevêtré et complexe qui tient sa partie dans la conception monumentale du cimetière moderne, offrant une image à prime abord sacralisée et divinisée de la femme mais tout autant manipulée voire diminuée pour qui s'attache à lire entre les lignes des épitaphes et à observer les colonnes des monumensonges de famille.

GÊNES (Staglieno)

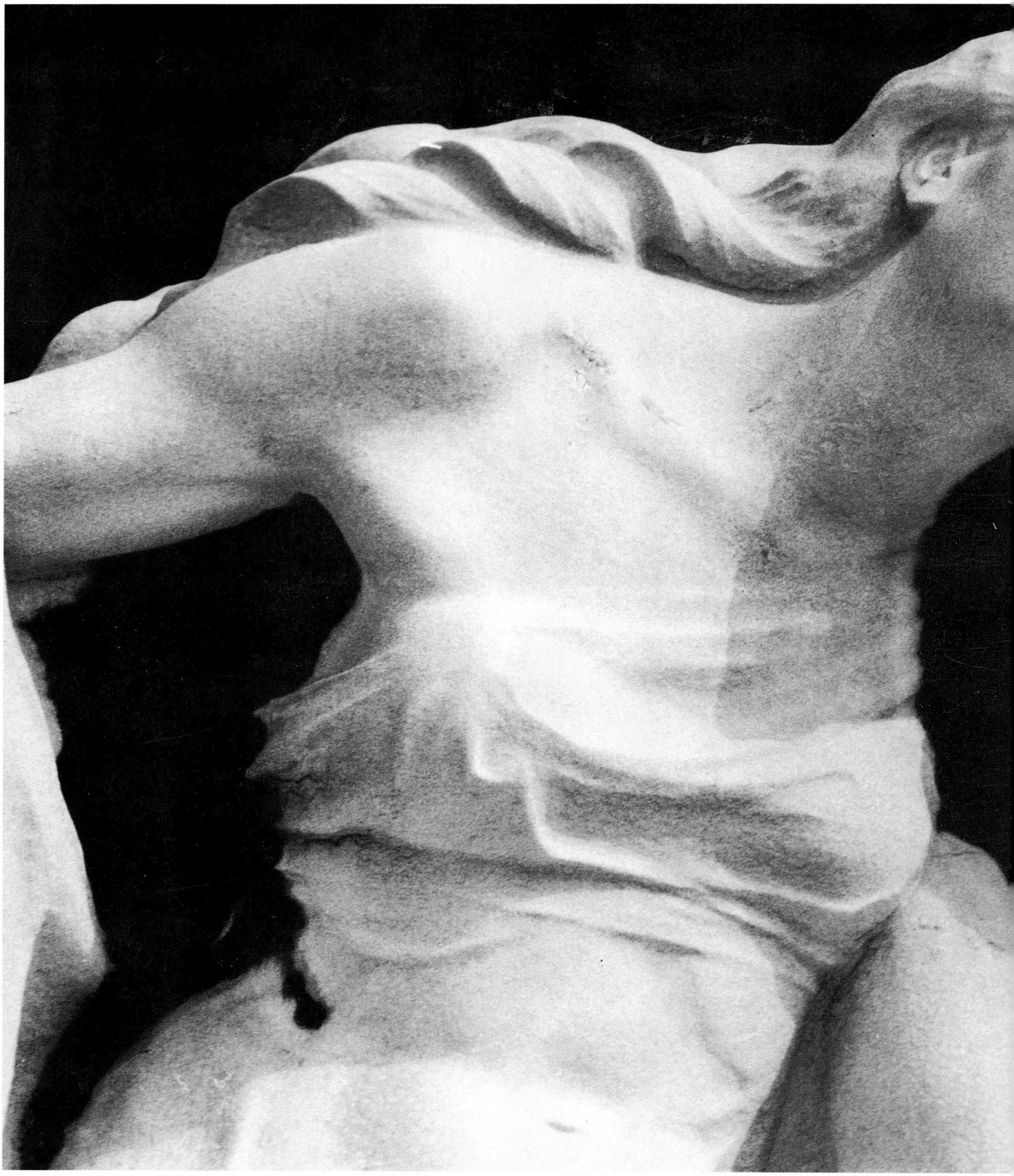

Et mourir de plaisir

Aphrodite fruit du premier baiser de la mer et du soleil, à peine issue des ondes, allume à nouveau au cœur de son père le désir. De leur union naît Éros « dont vient tout le bruit de la vie » assurait Freud.

L'érotique est « l'ensemble des états psychiques qui dirigent ou suscitent le comportement sexuel »[1] et « la sexualité humaine libérée de tout projet reproductif, de toute génitalité constitue l'érotisme. »[2] Éros n'est pas seulement le dieu de l'Amour mais aussi le dieu créateur de toutes choses sans qui rien de grand ni de beau ne peut éclore. Des amants isolés dans l'extase de leur passion et de leur plaisir aux insensés prisonniers de leurs obsessions et de leurs perversions, le registre de l'érotisme -comme le registre mortuaire- est infini qui donne libre cours au goût de chacun. L'érotisme est dans le regard autant que dans la chose regardée, dans les méandres et les prestiges de l'esprit autant que dans la mécanique monotone de l'acte physiologique. Ne se propose-t-il pas d'« élever à la hauteur de l'esprit le plaisir que l'amour réserve au sens » selon la formule d'Émile Schaub Koch. « L'érotique est une science individuelle » affirme Robert Desnos, une forme intellectuelle de l'émotion sensuelle, n'appartenant qu'à l'homme. « Il est ce qui dans sa conscience met l'être en question. »[3] Le mythe de l'androgyne originel et de la recherche anxieuse par l'un et l'autre sexes de leur moitié manquante expliquerait le désir par un besoin de complétude. Dans sa tentative de réponse à l'angoisse intellectuelle l'érotisme s'aventure dans les mystères de la métaphysique et y rencontre inévitablement la mort « dont il semble bien que le pressentiment commande notre vie affective. »[4]

Georges Bataille lui-même dit la difficulté d'apercevoir clairement et distinctement l'unité de la mort ou de la conscience de la mort et de l'érotisme.

« Exaltation des sexes par antagonisme à la mort ou complémentairement à l'instinct de vie », écrit André Pieyre de Mandiargues.

(1) Lo Duca: Histoire de l'érotisme
(2) Jacques Ruffié: Le sexe et la mort
(3) Georges Bataille: L'Erotisme
(4) Georges Bernanos: Les grands cimetières sous la lune

GÊNES (Staglieno)

GÊNES (Staglieno)

VIENNE (Zentral)

BUDAPEST (Kerepesi)

L'acte érotique, d'abord tension extrême puis retombée assoupissante exprime presque idéalement le cycle de la vie et de la mort. Hérodote raconte qu'une prostituée de Chéops réclama à chacun de ses clients une pierre qui devait être utilisée pour l'édification de son propre monument funéraire. Plus proche de nous, le cimetière de Staglieno à Gênes abrite entre autres œuvres de l'artiste Luigi Orengo, une sculpture mettant en scène Teresa Campodonico, la petite vendeuse de fruits secs qui affirme-t-on à voix haute économisa toute sa vie sur ses maigres bénéfices pour être immortalisée dans la pierre mais qui, suggère-t-on à voix basse aurait arrondi son pécule par le commerce de ses charmes.

« Il y a des figures féminines de la mort, sirènes, harpies, sphinx, d'autres encore qui à l'angoisse et l'épouvante joignent l'attrait, le plaisir et la séduction ; il y a des zones où Thanatos interférant avec Éros, le combat à mort du guerrier côtoie, frontières brouillées, l'attirance et l'union sexuelles de l'homme et de la femme »[5]

Rapports ambigus de l'amour et de la mort comme de la naissance et de la mort, accord mystérieux et loi des contrastes qui mettent en évidence le moment de la plus grande explosion vitale et celui du pourrissement inévitable. Là où triomphe l'image de la mort doit triompher aussi l'élément exorcisant qu'est la sensualité génératrice de vie. Dans l'Égypte ancienne les concubines de pierre logées dans les tombes étaient censées satisfaire les désirs du défunt comme la nourriture ses éventuelles fringales, par crainte de le voir resurgir dans le monde des vivants. Plus tard les Étrusques exaltèrent sur leurs tombeaux les jeux de l'érotisme. Le phallus comme ornement funéraire est fréquent dans l'Antiquité et la stèle émergeant de la terre est un symbole phallique. L'ardente sensualité adornant les urnes funéraires est une arme contre la mort. Le nouveau-né et le nouveau-mort sont tabous, des femmes qui veulent devenir mères se pressent contre des mourants dans l'espoir de recueillir l'âme qui s'échappe. Magie opératoire toujours tentée aujourd'hui par celles qui, au Père Lachaise, dit-on, caressent la tumescence de bronze du bienheureux Victor Noir.

(5) Jean-Pierre Vernant: Figures féminines de la mort en Grèce

MILAN (Monumentale)

Inlassablement la mythologie conte les rapports de la mort et de l'amour. Dionysos protéiforme, dieu exubérant des femmes et de la fécondité apparaît également sous les traits du dieu souterrain Zagreus, sinistre démon destructeur qui apporte mort et corruption. Perséphone déesse des Enfers est la compagne d'Hadès le maître du royaume des Ombres et partage son temps entre le monde souterrain et le monde d'en haut. Hécate la mystérieuse, la magicienne, la sorcière, d'abord déesse nourricière de la Jeunesse, invoquée lors des naissances, se lie peu à peu au monde des ombres et s'affaire lors des enterrements, là où l'âme s'unit au corps, là où elle s'en sépare.

Devant les portes du monde d'en bas se dresse un phallus que Dionysos planta là à la suite d'une aventure homosexuelle avortée avec un paysan nommé Polymnos. Sexe et mort en intime voisinage. Mortis et vitae locus. C'est peut-être non loin de là que se réunissaient les entrepreneurs de pompes funèbres, dans le sanctuaire de Libitina, la déesse chargée de veiller aux devoirs que l'on rendait aux morts, déesse dont le nom par les méandres de l'étymologie avait été rapproché de Libido et assi-

GÊNES (Staglieno)

TURIN (Monumentale)

GÊNES (Staglieno)

milé à Vénus.⁶

Le langage du ciel rapproche, lui encore, la naissance - la première maison- et la mort -la huitième maison- sous le signe des astres: Bélier symbole de la fécondité et Scorpion, symbole de mort, tous deux sous le règne de Mars dont facilement la virilité s'enflamme et s'éprend de Vénus et de son « odor di femina ».

Toute la littérature érotique enfin insiste sur ce voisinage: « Le plaisir n'est pas aussi innocent qu'on veut bien le dire. Il porte en lui des menaces redoutables... Il est qu'on le veuille ou non frère de la mort. Aimer dans la passion c'est mourir à soi, se fondre dans l'autre, se perdre. C'est consentir à la mort. »⁷

« La vie frémit devant la mort
Ainsi un cœur frémit devant l'amour
Comme s'il était menacé par la mort. »

L'amour authentique le sait: seule la mort supprime la malédiction de la dualité. Pas de Tout sans la mort des parties. Goethe exprime ainsi la nostalgie sacrée que l'érotisme ressent pour la mort:

« Je veux louer l'être vivant
qui aspire aux flammes de la mort.
Tu ne resteras plus prisonnier
de l'ombre des ténèbres.
Un nouveau désir te pousse
à t'élever vers une union plus haute.
Et enfin, avide de lumière
tel un papillon tu te brûles. »⁽⁸⁾

Comme l'extase mystique l'ivresse de l'amour répand un goût de mort. « Death is coitus and coitus is death » (Geza Roheim)... « Death is orgasm, is rebirth, is death in orgasm. »(William Burroughs)

L'orgasme sexuel anticipe la totale fusion des amants qui ne peut se réaliser définitivement que dans le trépas. Ce moment d'intense bonheur dans la défaillance, ce nirvana appelé quelquefois petite mort, il lui manque pourtant

(6) Pierre Grimal: Dictionnaire de la mythologie
(7) Michel del Castillo: Saint Sébastien, Adonis et martyr.

(8) Goethe cité par Walter Schubart: Religion und Eros

MILAN (Monumentale)

GÊNES (Staglieno)

BUDAPEST (Kerepesi)
GDANSK

pour être mort véritable, ainsi que l'indique Louis Vincent Thomas, « le vécu eschatologique. Le sujet y demeure pénétré -et cette conviction rend l'anéantissement acceptable ou désirable- du retour prochain de la vie vigile et du dynamisme personnel. Seule la conviction de l'irréversible donne la dimension mortelle authentique. » [9] Les conceptions maudites de l'érotisme, du Marquis de Sade à Georges Bataille, affirment sa relation avec une connaissance du mal et de la mort inévitable et refusent de voir en lui une simple expression joyeuse de la passion. Pas d'érotisme sans interdit depuis que « le christianisme a donné du poison à boire à Éros qui n'en est pas mort mais a dégénéré en vice », constata Nietzsche en une formule fameuse. Depuis cet empoisonnement l'érotisme est tour à tour rejeté ou exalté, soit, selon André Malraux, considéré, à travers le sexe de la femme comme le seul moyen d'échapper à la condition humaine des hommes de son temps, soit, selon François Mauriac, désigné comme l'élément qui met l'infini dans ce qui avilit et dans ce qui souille. [10] Force libertaire par excellence, l'érotisme contient un principe hostile à la société parce qu'il y a en lui une révolte de l'individu contre la collectivité. Immanquablement les régimes totalitaires se sont opposés à la liberté sexuelle et à l'art érotique. Allemagne d'Hitler, Espagne de Franco, URSS même qui, après avoir prêché dans la Russie de 1917 l'amour libre et l'arrêt de la censure de la littérature érotique, institua les règles d'un puritanisme draconien quand elle réalisa qu'une telle liberté individuelle constituait un danger pour l'état.

Philippe Aries estime que, si par la morale, la religion, le travail, la technologie, l'homme a pu faire face à la virulence de la nature, l'amour et la mort demeuraient les deux points faibles où émergeaient toujours la violence et la sauvagerie. Aussi l'homme a-t-il tenté de contenir la sexualité dans des barrières d'interdits et d'apprivoiser la mort par des rituels dédramatisants. Mais c'est aussi par les excès mêmes qu'elle condamne que la société subsiste, respire et crée. A la crainte de la mort et d'un probable néant, l'homme répond par une tentative pour sécuriser l'Inconnu.

(9) Louis Vincent Thomas: Anthropologie de la mort.
(10) Cités par Violette Morin: Un mythe moderne, l'érotisme

MANTORRE

MILAN (Monumentale)

Les métaphysiques de consolation en constituent l'une des armes, l'autre c'est le recours à Éros. Éros comme défi.

Jean-Louis Degaudenzi, dans un essai intitulé Necropolis, souligne « cette sorte d'instinct contradictoire d'existence qui s'aiguise sans doute à cette confrontation officielle de l'homme et de son néant. « Exaspération de l'érotisme dans le voisinage de la mort. Ambiance troublante, prometteuse de sensations nouvelles. Emoi masochiste et délicieux dans l'atmosphère d'un cimetière, la solennité d'une cérémonie mortuaire ou la réplique de chapelle ardente dans une maison close. Les cimetières drainent bien des pulsions morbides car « l'homme en tout lieu sait varier heureusement les figures de la volupté, maîtriser ou corser la paresse de l'instinct génésique. »[11]

Un dessin de Thomas Rowlandson datant de 1815 environ, Meditation among the tombs, montre un jeune couple en train de faire l'amour, appuyé contre un mur de chapelle tandis que, non loin de là, des endeuillés s'abandonnent à leur peine autour d'un prêtre qui prononce une oraison funèbre. Sur une tombe proche on peut lire cette épitaphe: « Here lies intombed beneath these bricks the scabbard of ten thousand pricks. » Épitaphe que l'on peut rapprocher de celle du membre viril de frère Pierre par Étienne Jodelle:

« Ci est gisant sous cette pierre
L'un des membres de frère Pierre
Non un des bras, n'une des mains
ni pied, ni jambe, hélas! humains,
Mais bien le membre le plus cher
Que sur lui on eût pu toucher... »

Gabrielle Wittkop dans le Nécrophile décrit l'émoi sexuel d'un couple réfugié dans une chapelle latérale lors d'un enterrement. On sait aussi que Sarah Bernardt au milieu d'un morbide appareil funèbre accordait des entrevues érotiques dans un cercueil.

Protestation de la vie contre la mort dans des circonstances douloureuses ou fétichisme funéraire propre à une marginalité, ces attitudes insolites bien que composantes de la pulsion fondamentale de l'Eros n'échappent pas aux jugements de valeur des membres conformistes et des contrôleurs autoritaires de la société. Nombre d'auteurs voient les parties noires de leurs œuvres délibérément omises ou oubliées. Il en est ainsi pour le vertueux auteur du Génie du Christianisme qui mêla dans René les thèmes de la mort, de la volupté, de l'inceste et du sacrilège et insuffla sensibilité exacerbée et morbidité chronique à la génération romantique. De René, embrassant Amélie « à travers les glaces du trépas et les profondeurs de l'éternité » dans le cercueil symbolique qui l'éloigne du monde lors de sa prise de voile, à Costal, héros des lépreuses d'Henri de Montherlant, qui brûle de prendre les tuberculeuses pendant qu'elles toussent « à la façon de ces raffinés qui prennent les canards pendant qu'ils les décapitent », en passant par Edgar Poe, Barbey d'Aurevilly ou Maurice Barrès, les prédilections portées à l'extrême deviennent des obsessions sexuelles et aboutissent quelquefois au fétichisme macabre, cette forme douce de la nécrophilie.

Dans sa correspondance en date du 27 mars 1853, Gustave Flaubert, avec intuition, discerne dans un cimetière les caractères propices à l'éclosion de pareils fantasmes: « En entrant je humais à la fois l'odeur des citronniers et celle des cadavres: le cimetière défoncé laissait voir les squelettes à demi pourris tandis que les

(11) Etiemble: Le livre de l'oreiller

VENISE (San Michele)

BRÊME

GÊNES (Staglieno)

arbustes verts balançaient au-dessus de nos têtes leurs fruits dorés. Ne sens-tu pas que cette poésie est complète et que c'est la grande synthèse? Tous les appétits de l'imagination et de la pensée y sont assouvis à la fois. »

Modeste et sage recueil de photos de monuments funéraires(!), compilation de textes dans lesquels la mort joue le premier rôle, recherche d'objets funéraires de toutes natures, du clou de cercueil à l'épitaphe sur plaque en émail, des mèches de cheveux aux scalps véritables, visite autorisée de la morgue au dix-neuvième siècle en quête de sensations voluptueuses, collection d'aventures amoureuses avec les veuves éplorées, autant de ponts jetés entre la vie et la mort, autant d'actes, qui, bien au-delà des plaisirs hétéroclites qu'ils procurent, ne sont qu'exorcisme d'une crainte ancestrale. Marques d'amour aussi, d'un amour passionné qui refuse la perte de l'être adoré de son vivant, et qui désespérément prête une âme à l'une de ses reliques: objet lui ayant appartenu, c'est encore banal ; partie de lui-même, cela devient grandiose.

VÉRONE

LAEKEN (Belgique)

BERGAME

« Puis la jeune femme était morte, au seuil de la trentaine, seulement alitée quelques semaines, vite étendue sur ce lit du dernier jour, où il la revoyait à jamais, fanée et blanche comme la cire l'éclairant, celle qu'il avait adorée si belle avec son teint de fleur, ses yeux de prunelle dilatée et noire dans de la nacre, dont l'obscurité contrastait avec ses cheveux, d'un jaune d'ambre, des cheveux qui, déployés lui couvraient tout le dos, longs et ondulés. Les vierges des primitifs ont des toisons pareilles qui descendent en frissons calmes. Sur le cadavre gisant Hughes avait coupé cette gerbe, tressée en longue natte dans les derniers jours de la maladie. N'est-ce pas comme une pitié de la mort? Elle ruine tout, mais laisse intactes les chevelures. Les yeux les lèvres, tout se brouille et s'effondre. Les cheveux ne se décolorent même pas. C'est en eux seuls qu'on se survit! Et maintenant, depuis les cinq années déjà, la tresse conservée de la morte n'avait guère pâli, malgré le sel de tant de larmes... Le trésor conservé de cette chevelure intégrale qu'il n'avait point voulu enfermer dans quelque tiroir de commode ou quelque coffret obscur, ç'aurait été comme mettre la chevelure dans un tombeau... pour la voir sans cesse, dans le grand salon toujours le même, cette chevelure qui était encore Elle, il l'avait posée là sur le piano désormais muet, simple gisante, tresse interrompue, chaîne brisée, câble sauvé du naufrage! Et pour l'abriter des contaminations, de l'air humide qui l'aurait pu déteindre ou oxyder le métal, il avait eu cette idée, naïve si elle n'eut pas été attendrissante, de la mettre sous verre, écrin transparent, boîte de cristal où reposait la tresse nue qu'il allait chaque jour honorer. »[12]

La névrose d'Antinea enferme le fétiche dans la transparence d'un reliquaire, dans le secret d'une armoire... ou dans l'obscurité d'un caveau. La Princesse Belgiojoso qui en était atteinte avait déposé dans un coffre le corps embaumé de son jeune secrétaire. On l'y retrouva en 1848 à Paris dans une chambre comparée par Théophile Gautier à un vrai catafalque, et dans ce domaine l'auteur du Roman de la Momie et de la Morte amoureuse était un fin connaisseur. Un de ses héros, jeune archéologue, s'éprend par delà les siècles d'une princesse d'Égypte ancienne et cette passion l'entraîne dans la nuit des temps. Surgie de

[12] Georges Rodenbach: Bruges la Morte

CRÉMONE

profondeurs plus lointaines encore, une resplendissante princesse sibérienne retrouvée miraculeusement intacte dans la glace, enflamme John Hamilton Llewellyn, le peintre chargé d'en faire le portrait, dans une nouvelle de Hans Heinz Ewers. Sous l'empire de sa folie amoureuse, il rend inefficace la chambre froide où est conservé le bloc transparent dans lequel semble l'attendre sa bien-aimée. Lorsqu'il parvient enfin à elle, ce n'est plus qu'une masse putride à l'épouvantable odeur qu'il serre entre ses bras.

« Je n'ai pas d'ami
Ma maîtresse est morte
Ce n'est qu'à demi
Que je le supporte.

Peut-on vivre seul ?
Mon désir qui dure
Retrousse un linceul
Plein de pourriture. » (13)

(13) Charles Cros: Profanation in Le Coffret de santal

CRÉMONE

CRÉMONE

PRAGUE (Narindny)

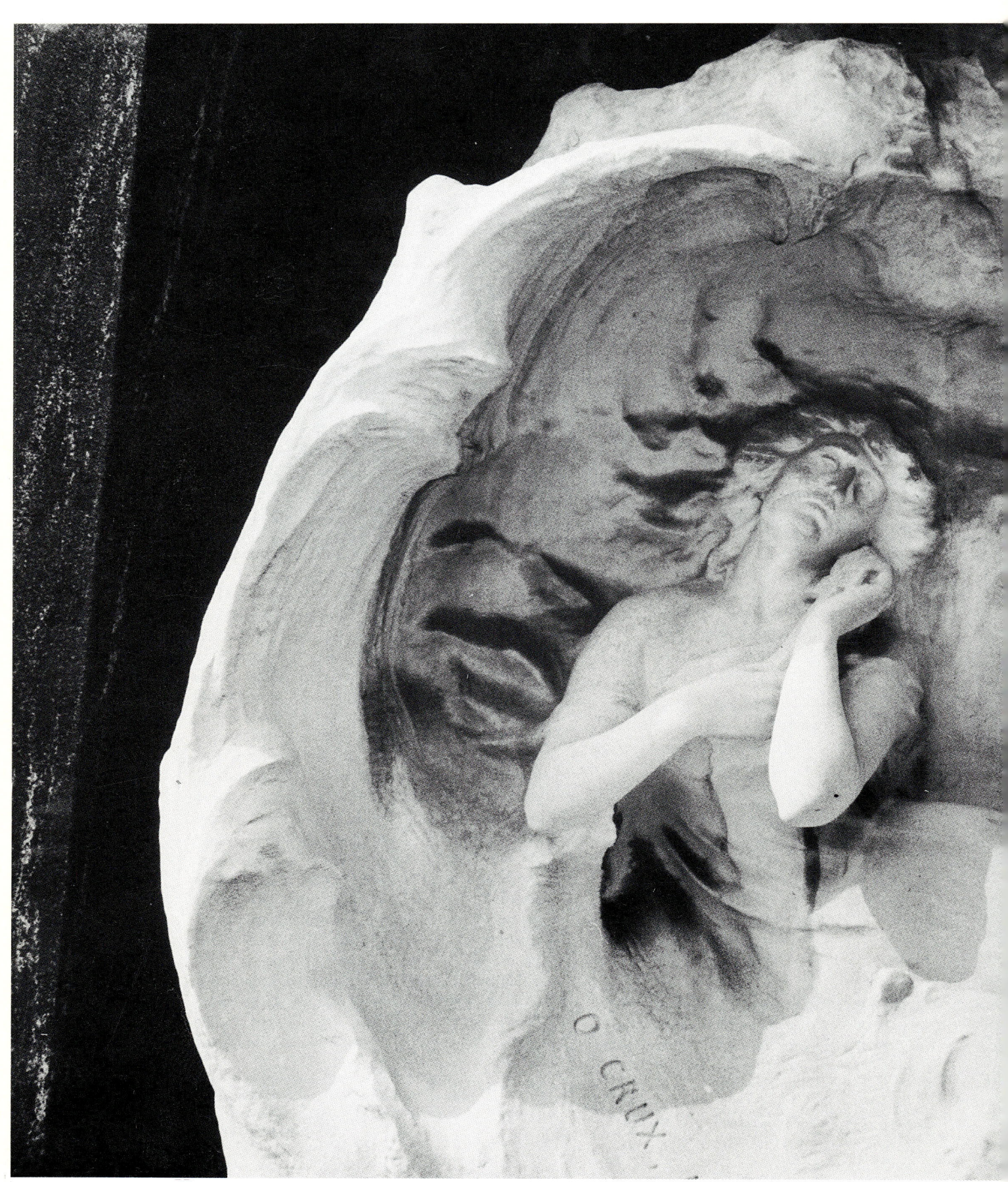

MILAN (Monumentale)

PRAGUE (Narindny)

GÊNES (Staglieno)

Plus réelle la nécrophilie, « conjonction sexuelle avec un objet privé du mouvement de vie »[14] satisfait « les fantasmes qui supposent au cadavre une sorte d'être à lui, qui suscite le désir, excite les sens »[15], sorte de poupée inerte, se prêtant sans que l'on coure le moindre risque d'être dénoncé par elle, aux fantaisies sexuelles de ses utilisateurs, semblable en cela aux succédanés que sont les poupées gonflables de notre vingtième siècle. Cette perversion qui entraîne à rechercher le plaisir de l'accouplement avec un cadavre s'accompagne, à l'occasion, de sévices, de nécrosadisme et d'ingestion, la nécrophagie. Depuis l'accouplement de la déesse Isis avec le corps reconstitué de son époux Osiris, le tabou du cadavre a maintes fois été transgressé, et les exemples du sergent Bertrand opérant au cimetière Montparnasse, celui de Victor Ardisson se fournissant au cimetière du Muy ont allumé la curiosité du public pour la nécrophilie « ce nœud paroxystique des interférences de la sexualité et de la mort. »[16]

(14) Ange Hesnard: Manuel de Sexologie
(15) Philippe Ariès: l'Homme devant la mort.
(16) Jean-Louis Degaudenzi: Necropolis in Le Vampire: Gabrielle Wittkop

« Creuse, fossoyeur, creuse
A ma belle amoureuse
Un tombeau bien profond
Avec ma place au fond.

Avant que la nuit tombe
Ne ferme pas la tombe
Car elle m'avait dit
De venir cette nuit,

Au lit que tu sais faire
Fossoyeur dans la terre.
Et dans ce lit étroit
Seule, elle aurait trop froid.

J'irai coucher près d'elle
Comme un amant fidèle
Pendant toute la nuit
Qui jamais ne finit. »[17]

Des naturels jeux de l'alcôve aux pratiques maniaques dans le voisinage de la mort, l'érotisme peut être rose ou noir, c'est selon.

(17) Charles Cros: Rendez-vous in Le Coffret de santal

Après avoir, dans quelques espaces de la mort, prêté à la bizarrerie de silhouettes singulières toute l'attention qu'elle mérite, nous voici au seuil d'une visite plus apaisée, d'un culte pour les morts plus proche du pathos romantique qui imagine, au-delà d'une douloureuse rupture, la réunion de ceux qui se sont aimés.

> « Oh! quand la Mort, que rien ne saurait apaiser,
> Nous prendra tous les deux dans un dernier baiser,
> Et jettera sur nous le manteau de ses ailes,
> Puissions nous reposer sous deux pierres jumelles!
>
> Puissent les fleurs de rose aux parfums embaumés
> Sortir de nos deux corps qui se sont tant aimés,
> Et nos deux âmes fleurir ensemble, et sur nos tombes
> Se becqueter longtemps d'amoureuses colombes. »[18]

(18) Théodore de Banville.

BUDAPEST (Kerepesi)

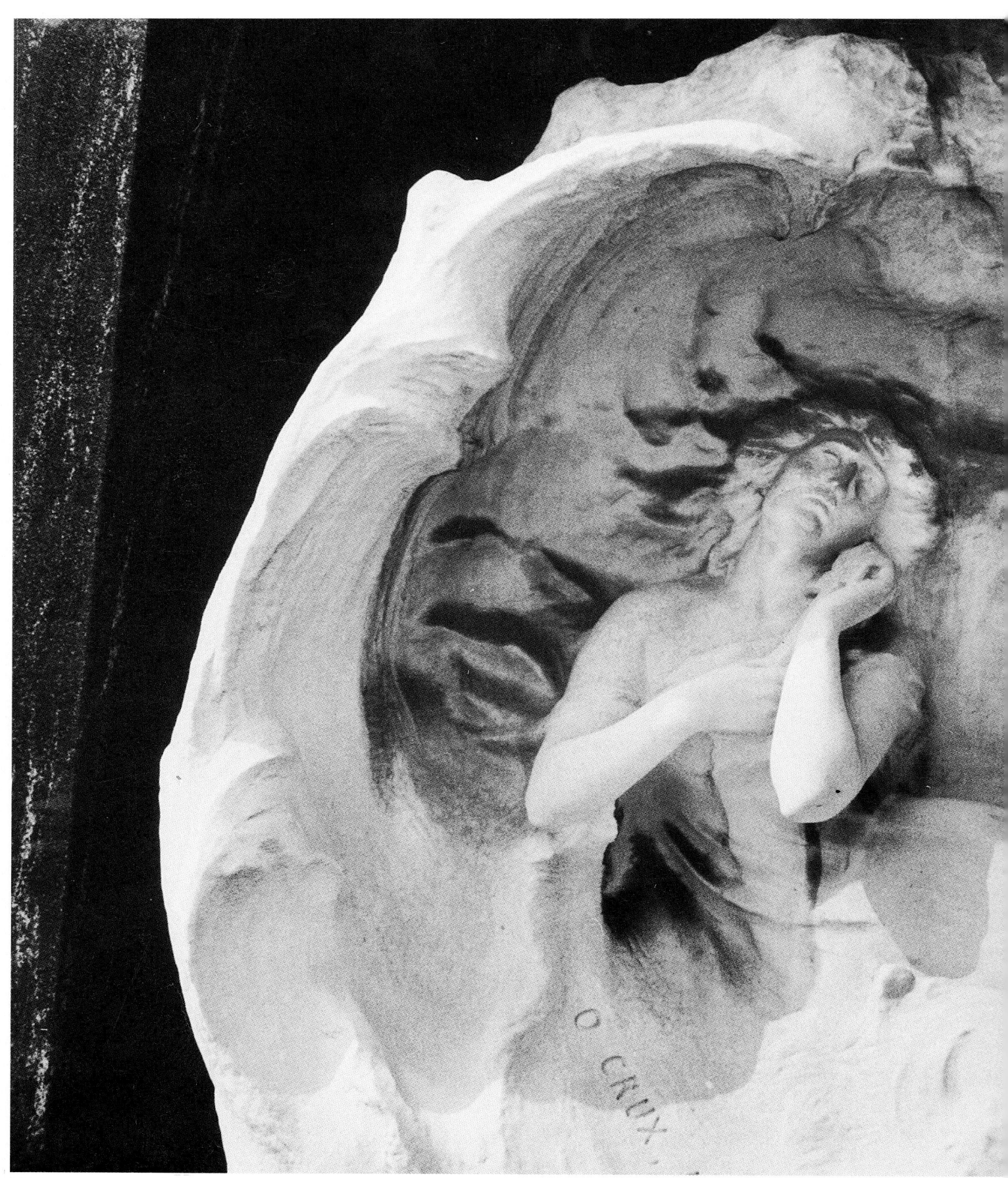

MILAN (Monumentale)

La légende des sexes

L'histoire de la mort et l'histoire de l'amour semblent être dans l'Occident chrétien celles de deux lentes prises de conscience. D'un côté l'apparition de la mort considérée comme la fin d'une vie individuelle et précieuse, de l'autre l'exaltation grandissante du droit pour l'individu à être lui-même, à exprimer sa véritable nature et à libérer progressivement des forces érotiques jusque là déguisées.

Pendant des siècles, des artistes frustrés, interdits de réalité érotique quotidienne furent contraints par le puritanisme chrétien de créer un registre permettant aux impressions érotiques d'émerger à travers des thèmes tirés de la Bible, de la vie des saints ou de l'antiquité. La mythologie permettait quelques audaces. Les filles de Loth pouvaient se dénuder devant leur père et Suzanne devant les vieillards. Encouragés par leurs mécènes les artistes de la Renaissance s'employèrent à créer un univers onirique imprégné d'érotisme et, encore inavoué, d'un sadisme d'avant Sade. Le grand rapprochement de l'amour et de la mort a lieu dans l'engouement pour la beauté des corps morts et verdis et la jouissance dorée du baroque et du rococo. Le libertinage du dix-huitième siècle, « protestation anarchiste contre le pouvoir absolu du Trône et de l'Eglise poursuit une connaissance systématique des modes du jouir »[(1)], avant même que Sade n'imprime sa dimension au leitmotiv de l'époque romantique, le spleen que Pétrus Borel veut « épuiser en orgies » Mais à côté de cette orgie libératoire, le dix-neuvième siècle c'est aussi celui des belles morts, apaisées et édifiantes, portes ouvertes sur des retrouvailles posthumes toujours localisées dans un Paradis des croyants auquel vient désormais s'ajouter un au-delà laïc de rassemblement fraternel. La communion de l'amour et de la mort sur le plan de l'éternité imprégna de tristesse le mélodrame sentimental, tandis que les événements dramatiques présents ou imminents gravent au fronton des tombeaux de grandes familles le déclin de lignées aux noms pareils à des titres de romans et de sagas de fin d'un monde: Buddenbroks et Rougon-Macquart. L'idée de fin inéluctablement va de pair avec celle de décadence, aussi les artistes puisent-ils tant en peinture qu'en sculpture dans le spectacle des orgies de l'empire romain ou des autocraties d'Orient, utilisant ainsi l'his-

(1) Robert Benayoun: Érotique du Surréalisme

MILAN (Monumentale)

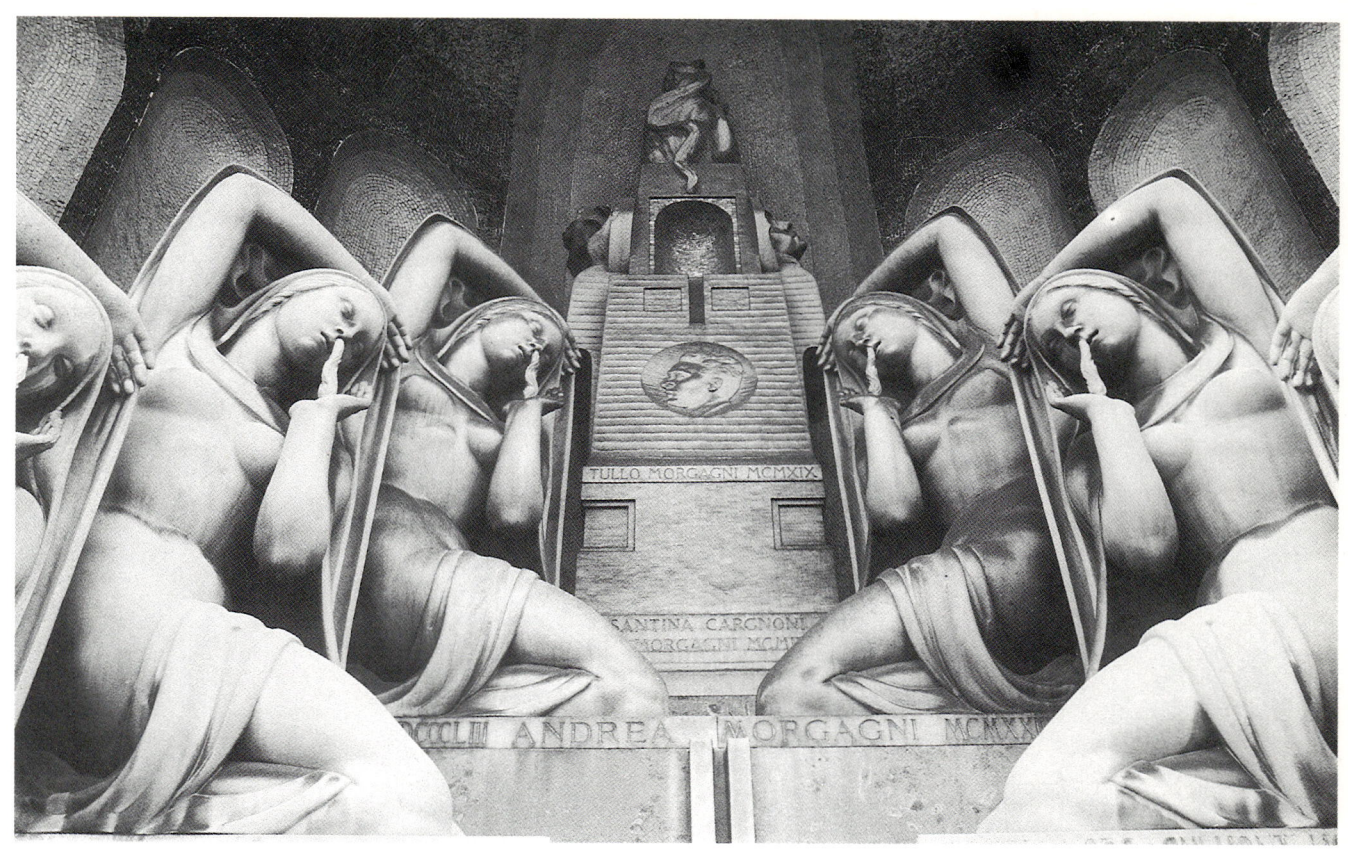

MILAN (Monumentale)   GÊNES (Staglieno)   GÊNES (Staglieno)

47

MILAN (Monumentale)   CRÉMONE   TURIN (Monumentale)

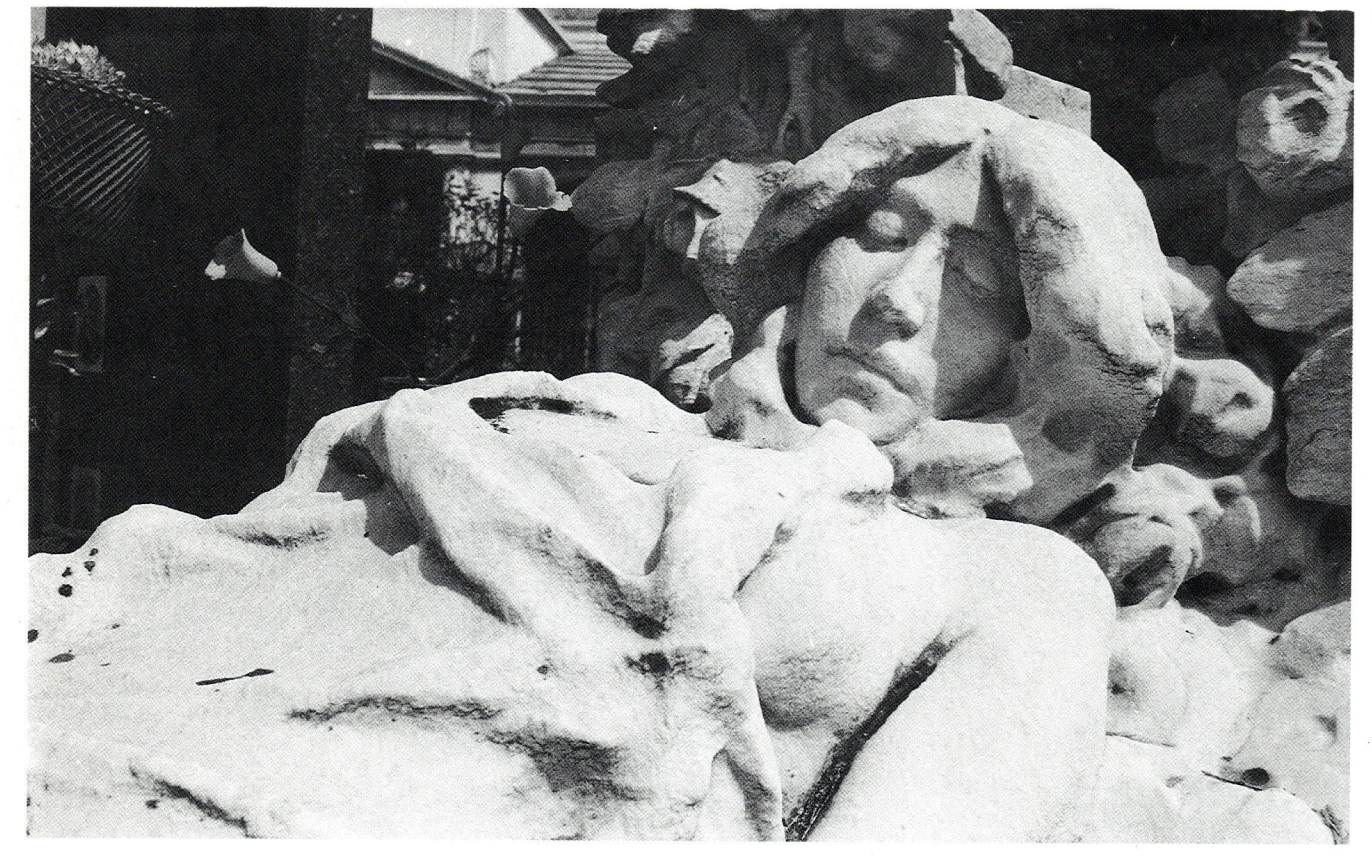

GÊNES (Staglieno)

toire dans leur recherche d'une inspiration qui satisfasse l'inavoué désir d'excitation du public en même temps qu'elle préserve son constant souci d'honorabilité. Tacitement en effet, l'érotisme était admis comme l'un des propos possibles de l'art à condition que « la scène, prétexte à exposer des nus féminins dans des poses suggestives mais aussi à montrer les femmes comme des jouets ou des victimes du caprice masculin, soit manifestement transportée à une grande distance dans l'espace et dans le temps. »[2] Le thème de la décadence révèle « une sorte de vaste névrose » dans une « société de nerfs », et le journal d'Anatole Baju, le Décadent se fait l'écho anarchisant d'une attitude mentale compliquée et complaisante: « Se dissimuler l'état de décadence où nous sommes arrivés serait le comble de l'insenséisme. Religion, mœurs, justice, tout décade ou plutôt tout subit une transformation inéluctable. La société se désagrège sous l'action corrosive d'une civilisation déliquescente. L'homme

(2) Edward Luci-Smith: L'Erotisme dans l'art occidental

BUDAPEST (Kerepesi)

PRAGUE (Vyserhad)

TRIESTE

MILAN (Monumentale)   TURIN (Monumentale)

51

moderne est un blasé. Affinements d'appétits, de sensations de goût de luxe, de jouissance ; névrose, hystérie, hypnotisme, morphinomanie, charlatanisme scientifique, schopenhauerisme à outrance, tels sont les prodromes de l'évolution sociale. »

L'idée que la civilisation approchait de sa fin et le désespoir ressenti par certains trouvent leur reflet dans la préoccupation permanente de la mort et de l'amour et « l'on ne peut minimiser l'importance de cet entraînement qu'attire irrésistiblement vers la mort une sensibilité collective bien au-delà du cénacle étroit des symbolistes et des décadents. »[3] Avant les travaux de Freud, la société fin de siècle paraît s'abandonner à la dérive d'une pulsion de mort antagoniste à l'instinct de vie antérieurement considéré comme le seul conducteur de l'humanité.

Trouble lutte qui se mue parfois en union sacrée entre une mort séductrice ou exécrable, tentatrice ou répugnante, et un érotisme capiteux et cynique, pervers jusqu'au mystique.

[3] Michel Vovelle: La mort et l'Occident

GÊNES (Staglieno)
BERGAME

CRÉMONE

LUGANO

Toxicomanie générale, selon le mot de Paul Valéry, des drogues de l'esprit -mysticisme, néo-catholicisme, messes noires- aux drogues de la chair -luxure, onanisme, homosexualité, saphisme. Tout ce « bazar sexuel »[4] s'étalant à la une des journaux, sur les planches du music-hall et du théâtre, dans les œuvres littéraires de Huysmans, de Jean Lorrain, de Maurice Rollinat ou de Robert de Montesquiou, s'accrochant en arabesques androgynes et tourmentées aux façades modern'style, inspirant enfin quelques sculpteurs funéraires soucieux de parer la mort de tous les attributs de la beauté.

> « Comme elle avait l'amour de la fioriture
> Elle osa se parer jusqu'à la pourriture ;
> Elle voulut se faire aimable pour la mort
> Et désorienter son étreinte qui mord.
> Ainsi quand on lui dit que c'est l'heure du prêtre,
> Ce ne fut que Gerlain qu'elle fit apparaître,
> Et de la sainte huile et d'extrême-onction
> Les cosmétiques seuls firent la fonction.
>
> Donc, son corps bien lavé, sa figure bien faite,
> Ses cheveux bien coiffés elle fut satisfaite ;
> Et fière d'être belle encore pour les vers.
> Aux mains des Atkinsons, dans les bras des Pivers
> Elle rendit son corps au Dieu des Tubéreuses ;
> Qui fait les lys béats, les jacinthes heureuses
> Et dans le Nirvana des fleurs alla chercher
> La résurrection de rose de sa chair. »[5]

Beauté en laquelle à côté de la froideur et de la rigidité néo-classique, s'insinue, sensuelle et ondoyante, une espèce de folie florale qui témoigne à sa façon Floréale ou Liberty de l'antique « coutume qui couchait les morts dans leurs sépulcres sur un lit de feuilles impérissables ».[6] Les roses, les narcisses, les pavots, les asphodèles déposés sur les tombes évoquent l'éphémère des choses et l'écroulement du temps, le lierre et le laurier s'enguirlandent et s'encouronnent dans l'espoir de garantir la résurrection.

> « Une grâce étrange et navrante
> Est dans le blanc trépas des lys
> S'effeuillant sur l'eau transparente
> Des porte-bouquets trop remplis.
>
> Dans leur étroit cercueil de verre
> Leurs beaux cadavres éclatants,
> Ont le charme auguste et sévère
> Des vierges mortes à vingt ans.
>
> La souffrance les divinise...
> Leur élégance et leurs pâleurs
> Dans le grand cornet de Venise
> Semblent un martyre de fleurs. »[7]

Beauté symboliste et lointaine accessoirée de lys, d'ostensoirs, de missels, de mystères, derrière des vitraux, dans l'envol de belles âmes et de vierges extasiées ; beauté naturaliste aussi qui contraint dans leur corset des bourgeoises dûment coiffées et frisées pour le dernier adieu à leur industriel d'époux. Beauté imaginaire, beauté réelle, promiscuité du sacré et du profane. Femme créature de Dieu et de son église, Femme créature de l'homme et de ses fantasmes.

---

(4) Pierre Cabanne: Psychologie de l'art érotique
(5) Robert de Montesquiou Fezensac: Odeur de Sainteté
(6) Henriette E. Jacob: Évolution de la sculpture funéraire en France et en Italie
(7) Jean Lorrain: La mort des lys in *La forêt bleue*

BUDAPEST (Kerepesi)

« Car l'amour et la mort
n'est qu'une même chose »[1]

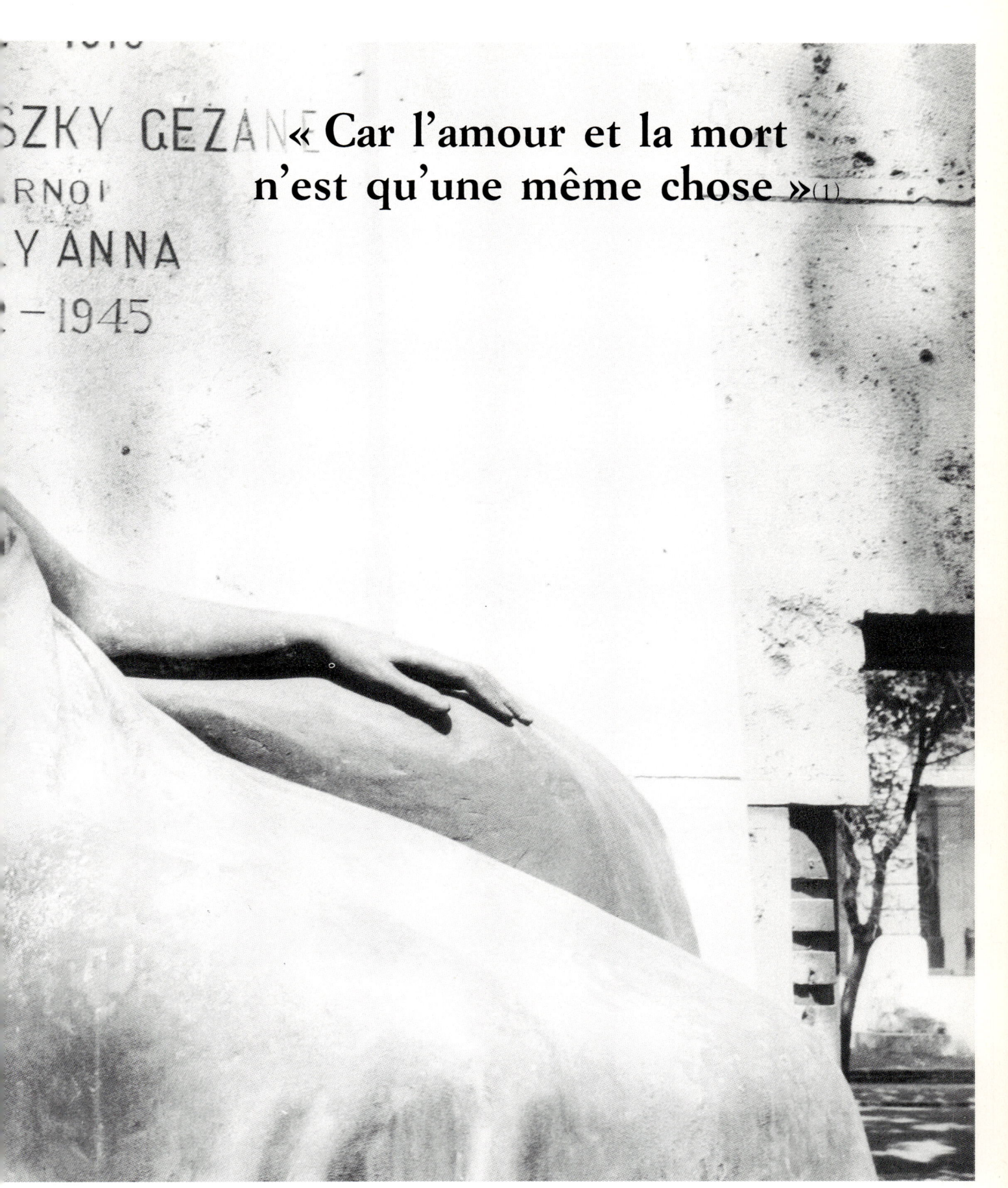

[1] Ronsard

MILAN (Monumentale)

« L'histoire du problème de la mort dans la pensée philosophique c'est l'histoire des tentatives visant à démontrer que, ainsi que les êtres humains voudraient le croire et comme le prétendent les mythes et les doctrines religieuses, la mort n'est pas définitive et la survie après la mort n'est pas une illusion. Mais c'est aussi l'histoire du scepticisme croissant concernant ces croyances diverses. »[2] Tandis que l'Ancien Testament n'apporte pas la promesse de l'immortalité, le Nouveau l'affirme et répond ainsi à l'angoisse de la mort, mais à certaines conditions. La mort chrétienne ne mène pas au néant, elle est un passage qui permet à l'homme d'accéder à la véritable vie, mort mystique de ceux qui sauront faire leur salut: « Laisse les morts enterrer les morts ; pour toi va-t-en publier le royaume de Dieu ».[3]

Dans ce défi lancé à la mort, Saint Paul s'écrie: « Ce m'est un gain de mourir, ô Mort où est ta victoire ? » Confrontés à cette belle assurance les philosophes répondent diversement, soit qu'ils optent pour la séduisante doctrine de l'immortalité de l'âme, soit qu'ils répondent à ce qu'ils considèrent comme un mensonge des prêtres, par la conviction de la destruction définitive.

Les poètes philosophes du dix-neuvième siècle veulent mourir pour revivre, et leur amour de la mort aspire au retour dans le sein de l'universel dans lequel leur individualité sera absorbée, « dans ces régions inconnues que le cœur demande. »[4] Le néant, ils se le représentent comme un bien-être qui équivaut à la félicité de tous les paradis puisque leur Moi, lourdement représenté par le corps, est ressenti comme une prison étroite qui fait obstacle au désir d'expansion, de dissolution dans l'univers. « Lorsque votre dernière heure approchera, ne vous laissez pas envahir par l'amertume. N'y pensez pas comme à la mort, mais comme à l'accession à la vie la plus élevée ».[5]

(2) Jacques Choron: La mort dans la pensée occidentale
(3) Luc: 9, 59-60
(4) Chateaubriand: René
(5) Schleiermacher

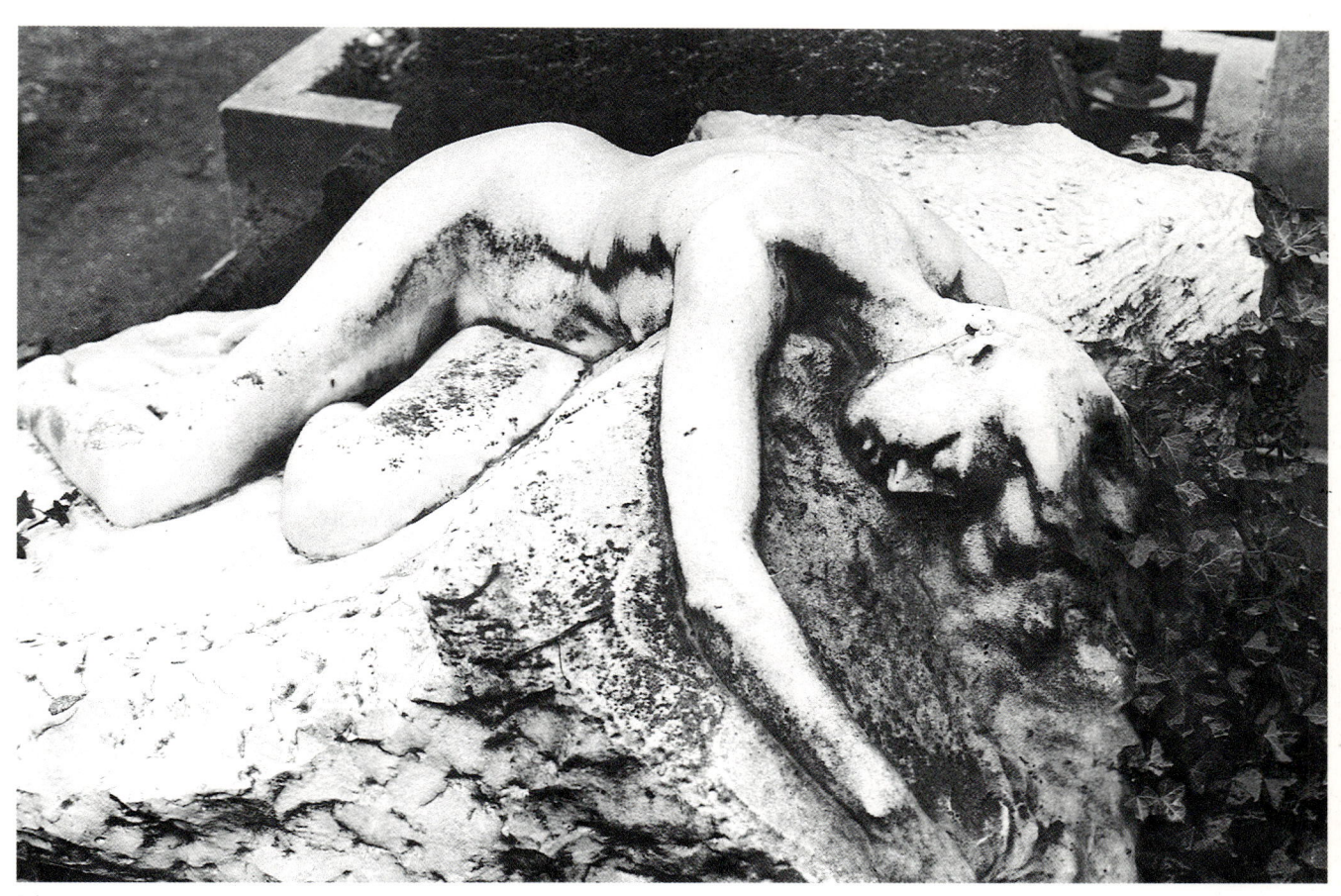

PARIS (Montparnasse)

GÖTERBORG (Redberyosplasen)

Les exigences affectives de la vie terrestre trouvent alors dans la nostalgie, dans la sehnsucht romantique, dans l'aspiration vers une vie plus belle dans la tension ineffable vers un paradis perdu, une représentation nouvelle de l'au-delà, « land of heart's desire » [6] L'union intime entre l'amour et la mort, déjà contenue dans le philtre d'Iseult, s'accomplit dans la mort, paradis des impossibles amours terrestres, sorte de giron maternel à qui les amants confient le destin de leur fidélité. « L'amour ou la femme en arrivent parfois à être synonymes de la mort comme si le seul accomplissement possible de l'homme dans son amour pour la femme était la mort. »[7] Alfred de Musset écrit dans une lettre à George Sand du 1er septembre 1834: « Tu es aimée, dis-toi cela, autant que Dieu peut être aimé par ses lévites, par ses amants, par ses martyrs ! Je t'aime ô ma chair et mon sang ! Je meurs d'amour, d'un amour sans fin, sans nom, insensé, désespéré, perdu. Tu es aimée, adorée, idolâtrée jusqu'à en mourir. Et non je ne guérirai pas. Et non je n'essaierai pas de vivre, et j'aime mieux cela, et mourir en t'aimant vaut mieux que de vivre. »

Les réponses apportées à la question de la mort par l'âme romantique sont ici précieuses dans la mesure où, qu'elles soient guides ou qu'elles soient reflets des mentalités de l'époque, elles peuvent contribuer à expliquer le paysage funéraire, les liens qu'il tisse entre les vivants et les morts, entre ceux et celles qui se sont aimés d'un amour passionné, et plus particulièrement encore, la présence multipliée de la femme objet d'amour et son mode de représentation profane ou idéalisée, charnelle ou éthérée.

L'amour selon Novalis devient le but final de l'histoire universelle, « l'amen de l'univers » et « lorsque s'élève dans l'âme sa voix puissante, ce sont toutes les forces de l'âme et du corps qui s'éveillent et s'agitent. Et ce mouvement exerce une action dissolvante sur l'individu étroitement limité, il ressemble à une attraction qui emporterait l'âme hors de ses bornes terrestres vers une nouvelle existence. »[8]

(6) William Butler Yeats: Essays
(7) Olga Wormser: La Femme dans l'histoire
(8) G.H. Von Schubert

COPENHAGUE (Vester Kirkegard)

GÖTERBORG (Redberyosplasen)

Le désir de la mort du corps égale celui du plaisir voluptueux dans une lettre de Clemens Brentano à Caroline de Gunderode: « Bonne nuit chère ange, oh ! que tu le sois ou non, ouvre les veines de ton corps blanc, et que le sang rouge et écumeux jaillisse en milliers de jets délicieux. C'est ainsi que je veux te voir et boire à ces mille fontaines, m'enivrer jusqu'à ce que je puisse pleurer ta mort, dans un délire de joie voluptueuse ; jusqu'à ce que je puisse répandre en larmes tout ton sang et le mien confondus. » Dans le miroir de l'acmé se reflète l'image d'un retour vers un lieu d'où l'homme a été autrefois exilé. « Peut- être, suggère Ludwig Tieck, a-t-on raison de dire que nous sommes tous des anges en exil qui, indignés de leur félicité, révoltés contre l'amour, furent replongés dans un état apparenté à la mort que nous appelons notre vie. » L'union des corps abolissant la différence des sexes ne fait-elle pas des amants une sorte d'ange ? L'amour passionné revêt d'absolu l'être aimé dans un « acte de religion appliquée »[9] et son langage emprunte à la mystique des accents qui le poétisent, le désincarnent et dont parfois, gravé dans la pierre, les monuments funéraires se font l'écho. Sa fiancée Sophie morte, Novalis considère sa tombe comme l'aimant de sa vie nouvelle et le lieu de sa propre sanctification. Car enfin, il faut qu'elle meure la femme aimée. C'est dans la mort que l'amour est le plus doux ; pour qui aime, la mort est une nuit de noces, le secret de doux mystères. Un deuil excessif ne devient-il pas un amour obsessionnel, grandi par l'absence, par la nostalgie, jusqu'à la démesure. « Jeu de l'absence dans la présence, obsession d'un absent qui occupe tout votre horizon et que pourtant vous n'atteignez jamais parce qu'il appartient au domaine de l'ailleurs. Telle est dans le deuil l'expérience que fait le vivant de son lien avec un défunt, disparu dans l'au-delà ; telle aussi chez l'amoureux, l'expérience du désir dans ce qu'il comporte d'incomplétude, dans son impuissance à avoir toujours pour soi, à faire sien entièrement et à jamais son partenaire sexuel. Pathos funéraire et Pathos érotique -le Pathos est le désir qui vise un absent- se répondent exactement. La figure de la femme aimée dont l'image vous hante et vous échappe, interfère avec celle de la mort. »[10]

(9) Novalis
(10) Jean-Pierre Vernant: Figures féminines de la mort en Grèce

Pourtant la mort n'est pas seulement l'éloignement de l'autre, envolé dans l'insondable, mais précisément « approche merveilleuse de l'insondable, communion avec l'infini cosmique. »[11] Novalis affirme: « Avec elle le monde entier est mort pour moi... elle est morte, je mourrai donc... »

Sous sa plume se dessine comme une manière de gisante, pareille à celles, qui dans les cimetières sont veillées par d'inconsolables amants de pierre. « Figuré par la main d'adroits artistes, ton corps sera étendu sur mon lit ; auprès de lui je me coucherai, je l'enlacerai, et appelant ton nom, c'est ma chère femme que je croirai tenir dans mes bras, bien qu'absente: froide volupté sans doute mais qui pourtant allègera le fardeau de mon cœur. » Le poète se réfugie dans la Nuit novalisienne ; celle qui apporte le sommeil peuplé de rêves dont chacun dans sa plénitude l'unit à une Sophie ressuscitée qu'il étreint avec adoration. Miracle de « l'idéalisme magique » qui mêle sublimation et extase érotique. Voyage de noces dans un séjour ravissant où tout n'est que murmure de caresses sans fin, effluve d'étreintes renouvelées, bain de bonheur sans égal sur la terre. « Vouloir tomber en gouttes de rosée et se mêler à la cendre chère, cette aspiration des Nuits est donc pressentiment de la réunion éternelle. »[12] Plus besoin donc de prendre congé du monde par un acte de violence à l'égard de soi-même, le sommeil délivre la tendre béatitude et transfigure la femme aimée en ange intercesseur, celui-là même que l'on rencontre, dans un silencieux bruissement d'ailes déployées, emportant dans les cieux l'âme des poètes... et les portraits en médaillon des bourgeois qui aspirent eux aussi au titre de noblesse du monde de l'esprit et au remariage, céleste, des retrouvailles posthumes. Le véritable bonheur conjugal, pourtant affiché sur la terre, peut-être, ne se rencontre-t-il qu'au ciel et la mort n'est-elle que la romantisation, enfin, de la vie. La mort fait « le jeu de l'amour pour un amour meilleur » et l'amour « fait le jeu de la mort en étant l'ascèse qui la commence. »[13]

(11) Philippe Ariès: L'Homme devant la mort
(12) Georges Gargam: l'Amour et la mort
(13) idem

PARIS (Père Lachaise)

MODÈNE

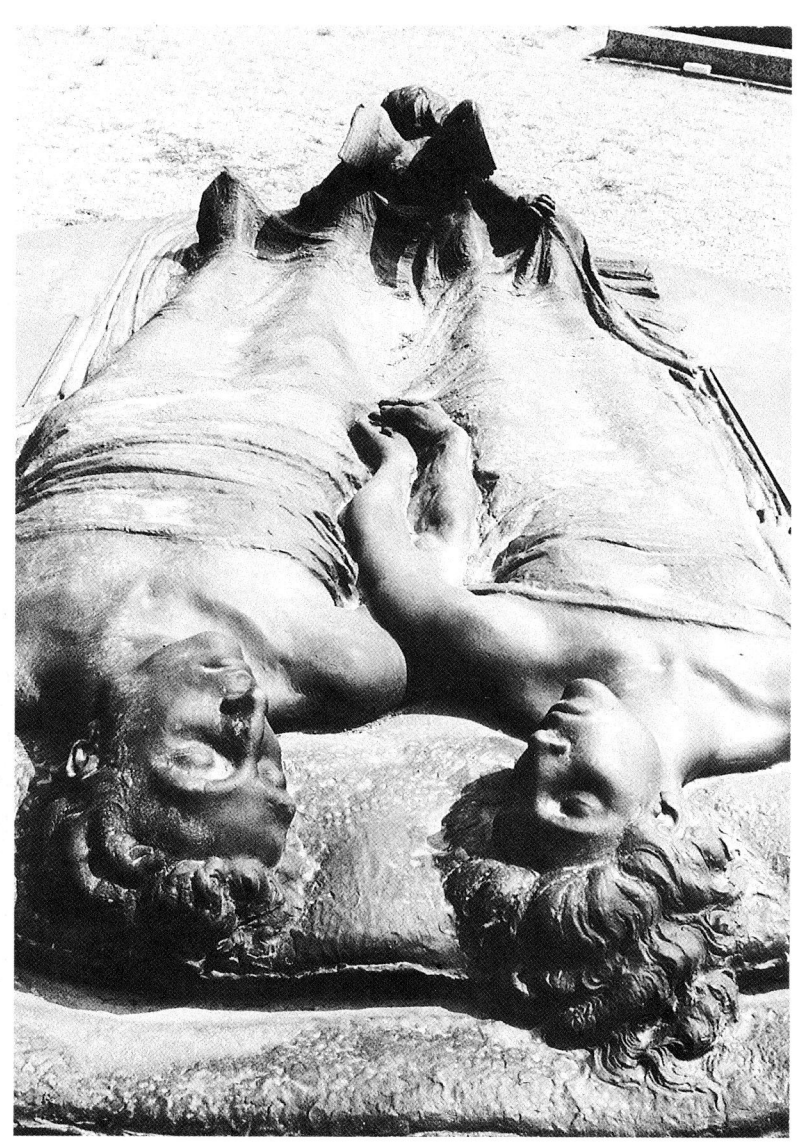

MILAN (Monumentale)

> Sous ce même marbre gisent Pierre Abélard, fondateur de ce monastère et Héloïse sa présente abbesse, tous les deux réunis jadis par l'étude, par l'esprit, par l'amour, par des nœuds infortunés et par le repentir. Unis aujourd'hui c'est notre espérance dans une félicité éternelle. Pierre mourut le 20 avril 1141 Héloïse le 22 mai 1163. Caroline de Roussy abbesse du Paraclet a fait élever ce monument en 1779.

Cette « hypertrophie de l'organe poétique » privilège excessif des Romantiques selon le mot de Clemens Brentano, a tissé des liens idéaux entre l'amour et la mort conçus comme moyens d'évasion vers un au-delà apaisé. La mort devenue nostalgie et l'amour devenu présage d'une autre vie libèrent les émotions, les épanchements qui sont les signes de la véritable passion et nient les fadeurs du mariage de raison. Le culte romantique du tombeau exprime la révolte contre l'incompréhensible séparation.

Dans le cimetière, les boîtes-reliquaires nostalgiques de l'être aimé affectent de n'être les coffrets que d'amours légitimes, et l'épitaphe de présentation n'est le plus souvent qu'édulcorée et bienséante, car la mort venue, tout doit rentrer dans l'ordre. Monsieur doit réintégrer le foyer-tombeau familial après avoir mis fin à ses frasques privées, et Madame, même si elle a parfois manqué à sa dignité d'épouse, doit retrouver la seule place qui lui convienne, à côté de son mari, puisqu'elle est la mère de ses enfants. Nombreuses sont les tombes qui peuvent en cacher d'autres, et rares sans doute celles qui rapprochent les amants séparés. Combien de Francesca, combien de Paolo réunis à jamais dans le second et luxurieux cercle de l'Enfer, ont-ils vu leurs cendres écartées sous des dalles mensongères ? Ni la frénésie du roman noir, ni les litanies de la luxure, ni les passions impétueuses et coupables de « l'orgie romantique » ne sont parvenues à entamer sérieusement la respectabilité des façades funéraires, alors même que « littérature et peinture ébranlaient les sens, délivraient des rêveries visionnaires, mettaient à nu des vices jusque là inavoués ».[14]

Au Père Lachaise cependant, le tombeau d'Héloïse et d'Abélard, affirme sous son baldaquin de pierre l'immortalité des couples passionnés.

Monument pour eux réalisé, semblable à celui que Diderot réclamait pour Sophie Volland et pour lui : « Ceux qui se sont aimés pendant leur vie et qui se font inhumer l'un à côté de l'autre, ne sont peut-être pas si fous qu'on le pense. Peut-être leurs cendres se pressent, se mêlent et s'unissent... O ma Sophie ! Il me resterait donc un espoir de vous toucher, de vous sentir,

---

(14) Pierre Cabanne : Psychologie de l'art érotique

PARIS (Père Lachaise)

MILAN (Monumentale)

de vous aimer, de chercher de m'unir, de me confondre avec vous quand nous ne serons plus... Laissez-moi cette chimère, elle m'est douce, elle m'assurerait l'éternité en vous et avec vous. »[15]

« Cyprès que j'ai planté moi-même
Que ton sort est heureux sans être mérité !
Tu vas devoir ta force, ainsi que ta beauté,
A celle que j'aimais, qui n'est plus et que j'aime !

Mais Thémire n'est plus. Tout mon désir hélas !
Est qu'un même cercueil à l'instant nous rassemble
Et que toujours unis, même après le trépas,
Nos jeunes ossements puissent vieillir ensemble. »[16]

Dans le cimetière d'Ixelles, un des quartiers de Bruxelles, une épitaphe, peu lisible sous le lierre, dit au passant curieux que le général Georges Boulanger est mort le 30 septembre 1891, rejoignant ainsi sa maîtresse Marguerite de Bonnemain décédée le 16 juillet de la même année: « Deux mois et demi sans toi ! » Elle omet de dire que c'est ici même sur la tombe de Marguerite que le général déchu, inconsolable a mis fin à ses jours. A côté des Kleist, des Nerval, des Caroline de Gunderode, combien de jeunes Werther, de provinciales Emma Bovary, d'amants de Montmorency reposent-ils dans les pages d'histoire de ce cimetière où, plus souvent que dans les livres un voile plus prude que pudique lénifie les expressions du paroxysme amoureux.

Ci-gîsent le frère et la sœur
Passant ne t'informe pas
de la cause de leur mort
Mais passe et prie pour leur âme

Cette inscription sur les murs de Saint-Julien le Pauvre cache trop ostensiblement ce qu'elle ne veut pas dire. Le jeune Tourleville et sa sœur, convaincus d'inceste, furent décapités en place de Grève le 2 décembre 1603.

VIENNE (Zentral)

(15) Diderot: Lettre à Sophie Volland du 6 octobre 1759
(16) Michel Cubières de Palmézeaux: Au cyprès planté sur la tombe de Thémire.

TUNTANGE (Luxembourg)

TURIN

VERVIER (Belgique)

ELLE ETAIT SVELTE ELLE ETAIT BLONDE
SON OEIL ETAIT DOUX, CARESSANT
ELLE ETAIT GENTILLE AVEC TOUT LE MONDE
INCLINE TOI DEVANT SA TOMBE O PASSANT

LIVOURNE

Le romantisme néanmoins, à travers la philosophie pessimiste de Schopenhauer et l'idée que la mort est le véritable but de la vie, à travers ce goût de cendre et cette souffrance constante qui fait dire à Baudelaire:

« C'est la Mort qui console, hélas et qui fait vivre
C'est le but de la vie et c'est le seul espoir...
Plonger au fond du gouffre, Enfer ou Ciel qu'importe ?
Au fond de l'inconnu pour trouver du nouveau »,

à travers ce sens tragique de la vie ainsi que le nommera plus tard Miguel de Unamuno, perpétue dans l'Éros symboliste la fréquence des thèmes morbides et érotiques. Les symboles indiquent un chemin qui plonge du visible à l'invisible, une voie qui descend « tout au fond du mystère de l'amour et de la mort »[17] jusqu'aux « abîmes de l'inconscient » révélateurs du gouffre d'où nous sortons, « des hauteurs vertigineuses où nous aspirons. »[18] Sur cette route qui serpente dans les régions de l'inconscient collectif et le long de laquelle se dressent encore quelques monuments de spiritualité, d'ésotérisme et de mysticisme dépravé, les signes de la métaphysique religieuse se font plus rares. Jalonnée de symboles en majorité d'origine sexuelle, autant de signes qui sont la chose sans l'être tout en l'étant, s'arrêtant devant les poètes et les artistes qui plongent dans l'inconnu pour en rapporter des fragments de vérité, elle suit la mise en chantier des travaux de Krafft-Ebing, d'Havelock Ellis, de Charcot, de Freud et parvient aux territoires positivistes et scientistes qui proclament le décès de la mort ou du moins sa mise à l'écart qui va se traduire, dans le cimetière englouti à nouveau dans l'enceinte de la ville, par une raréfaction progressive au vingtième siècle du discours monumental sculptural et scriptural. Après la logorrhée épitaphière, tabou naissant de la mort ajouté au tabou permanent de l'au-delà du Mal dans une société de plus en plus matérialiste pour laquelle il est toujours plus malaisé d'aborder les thèmes de la transcendance fût-elle amoureuse.

« Où sont nos amoureuses
Elles sont au tombeau
Elles sont plus heureuses
Dans un séjour plus beau !

Elles sont près des anges,
Dans le fond du ciel bleu,
Et chantent les louanges
de la mère de Dieu !

O blanche fiancée !
O jeune vierge en fleur !
Amante délaissée
Que flétrit la douleur !

L'éternité profonde
Souriait dans vos yeux
Flambeaux éteints du monde,
Rallumez-vous aux cieux ! [19]

(19) Paul Verlaine : Les cydalises

(17) Octave Mirbeau
(18) Edouard Schuré: Précurseurs et Révoltés

GÊNES (Staglieno)

Reliquaire des amours toujours

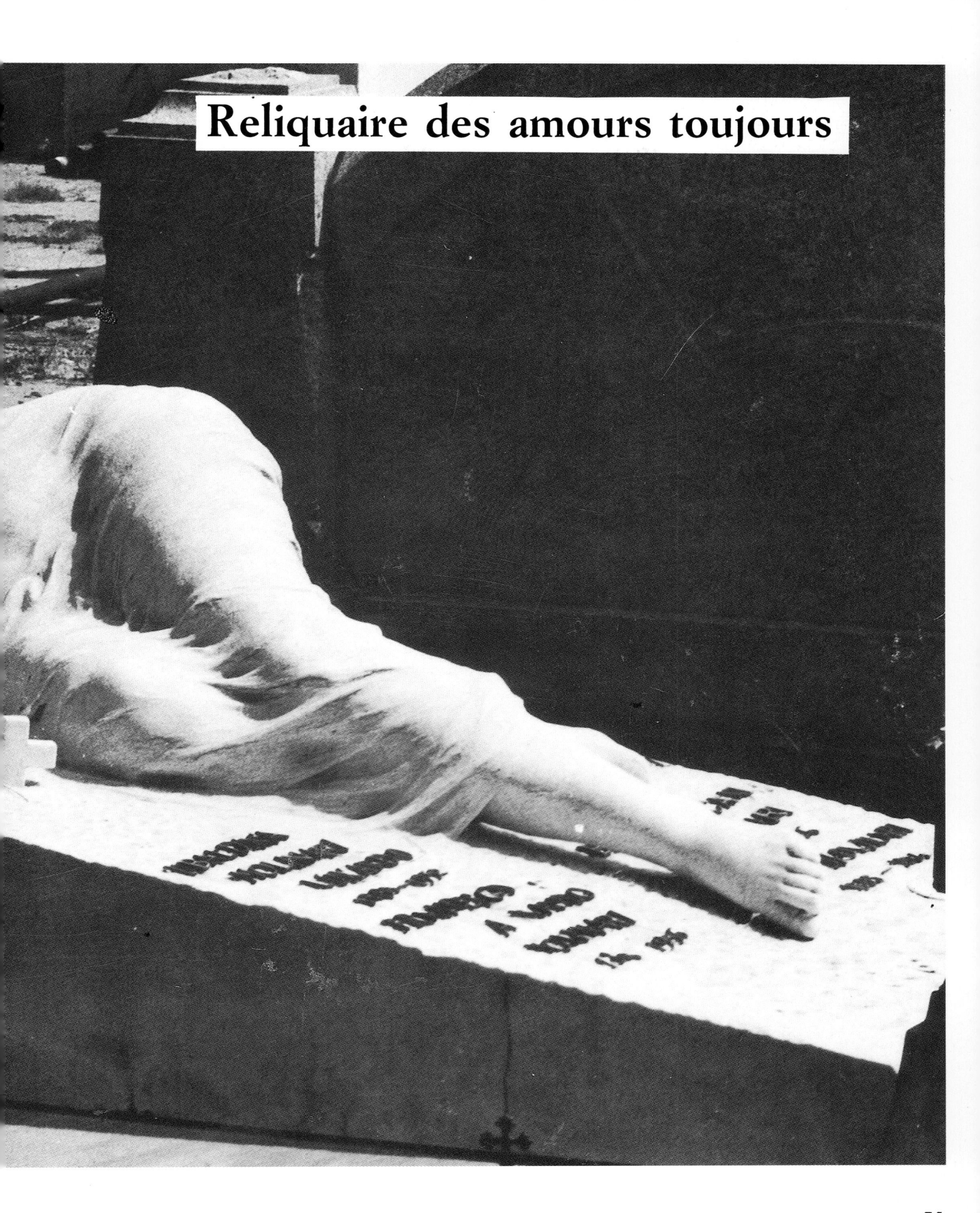

CRACOVIE (Rakowicki)

« L'architecture a aussi ses sanglots, ses monuments de douleur ou de deuil: « ses tombeaux. »[1] Derrière les larmes de pierre qui coulent sur soi-même, il y a le refus de la mort et la tentative de survie pour les enfants, la mémoire collective ou privée, les actions civiques, civiles ou militaires, pour laisser sa marque et sa signature entre les pages de l'histoire, pour affirmer aussi la plénitude de sa vie affective et peut-être sa permanence dans l'au-delà. Pour tel il suffit qu'il dise: « J'y étais » pour qu'on pense: « C'est un brave », pour un autre il suffit qu'on lise: « J'ai aimé » pour qu'on pense: « Il a bien rempli sa vie ».

Les pharaons reposaient sous des montagnes de pierre, les Etrusques sous des fresques un peu osées, les Romains avaient une prédilection pour l'histoire, le haut moyen-âge ne se distingue guère par l'individualisme funéraire, les morts sont enterrés sous les dalles des églises et des couvents ou le plus près d'eux, sous l'aile protectrice du sacré, dans l'attente de la trompette du Jugement dernier. Le moyen-âge classique moins égalitaire dans l'angoisse du verdict individuel, voit apparaître un gisant d'abord taillé dans la dalle de pierre puis déposé sur elle, bientôt accompagné de pleurants qui, sur les parois du soubassement figurent le cortège funéraire. Dans la basilique de Saint-Denis les premiers souverains s'endorment sagement aux côtés de leurs belles au bois dormant qui se nomment Blanche ou Isabeau.

La Renaissance est moins sage et le gisant de piété s'abandonnant à la toute puissance divine fait place à des corps demi nus qui, étendus sur un lit de parade et d'amour confondent mort réelle et petite mort, dans un geste commun épuisé et pudique qui ne laisse pas d'évoquer l'anéantissement après l'amour. Pour être roi et reine Henri II et Catherine de Médicis n'en étaient-ils pas moins homme et femme ? C'est du moins ce qu'affirme Catherine, commanditaire du monument bien après la mort de son mari et qui, épouse délaissée voulut prendre sa revanche dans la pierre sur la favorite Diane de Poitiers.

(1) César Daly: Spécimen de tombeaux

PRAGUE (Vyserhad)

PARIS (Montparnasse)

78

Vers l'an 1300 l'empreinte sur cire du masque mortuaire commence à servir de modèle au portrait tombal. « La négation idéaliste de la mort »[2] s'efface derrière le portrait authentique du défunt néanmoins réservé à l'élite tandis que le cimetière, discret, n'accorde aux morts dans leur ensemble que peu d'attention, peu de sentimentalité et partant, peu d'espace et peu d'ornement.

Saint-Pierre de Rome au contraire dans ses magnificences baroques et spectaculaires offre à ceux qui ont le privilège d'y accéder l'écrin le plus somptueux et le plus précieux pour abriter le mythe de la mort-sommeil, prélude à la résurrection.

Voici le temps des biographies-bilans qui dans les chapelles funéraires, églises personnelles en miniature, gages d'un jugement favorable, s'efforcent de comptabiliser les qualités de celui en souvenir duquel le monument a été érigé, avant de se fonder sur l'utilité sociale et civile de garder la mémoire des hommes vertueux. Exemplaire et sacré, le tombeau individuel se dresse au milieu du « néant sémiologique des pauvres et des sans pouvoir »[3], et la rupture entre notables et inconnus, religieux et laïcs, se double d'une rupture entre morts et vivants, ces derniers séparés des premiers par des murs de la peur, peur de l'insalubrité et de la contagion. La Révolution française tant pour des raisons d'hygiène que pour des raisons de dignité et de respect dû aux morts entreprit de désaffecter les cimetières intra muros. Égalité et fraternité pour les morts comme pour les vivants. Un concours national fut organisé à l'initiative de Lucien Bonaparte, ministre de l'intérieur au printemps 1800. Les mémoires incitaient la famille élément du corps social à observer les rites édictés par l'état, rites qui exaltaient l'idéologie de la vertu. Le cimetière devenait un champ d'application de conventions poétiques dans lequel la mort ne serait signifiée que par des métaphores gracieuses, par exemple une jeune femme versant de l'eau d'un vase. Il s'agissait de substituer au spectacle hideux de la mort l'image d'un état paisible tel celui que propose cet extrait du mémoire n° 16: « Le point central du champ de repos est destiné à recevoir un piédestal et sa statue. Cette statue de marbre blanc ne sera point la hideuse figure d'un squelette par laquelle les modernes ont trop souvent représenté la mort: elle sera l'image du génie de la vie éteignant un flambeau. Les belles formes et la grâce ne lui seront point étrangères ; et son expression douce et mélancolique expliquera sans qu'il en résulte des idées trop lugubres, la facile allégorie de l'extinction de son flambeau. » La beauté « peut alors s'attacher à la mort puisque celle-ci n'est que la négation abstraite de la plénitude de la vie. »[4]

L'antiquité revient lorsque l'imagination des artistes doit repousser l'image de la mort qui avait pris les formes grimaçantes et repoussantes du squelette et de la putréfaction afin de lui substituer les formes paisibles du sommeil et de la beauté. Il s'agit d'adoucir ou de chasser le souvenir de la mort « par un euphémisme de l'art. »[5]

(2) Henriette E. Jacob: Évolution de la sculpture funéraire en France et en Italie
(3) Jean Didier Urbain: La société de conservation
(4) Pascal Hintermayer: Politiques de la mort
(5) Isolde Ohlbaum: Denn alle Lust will ewigkeit

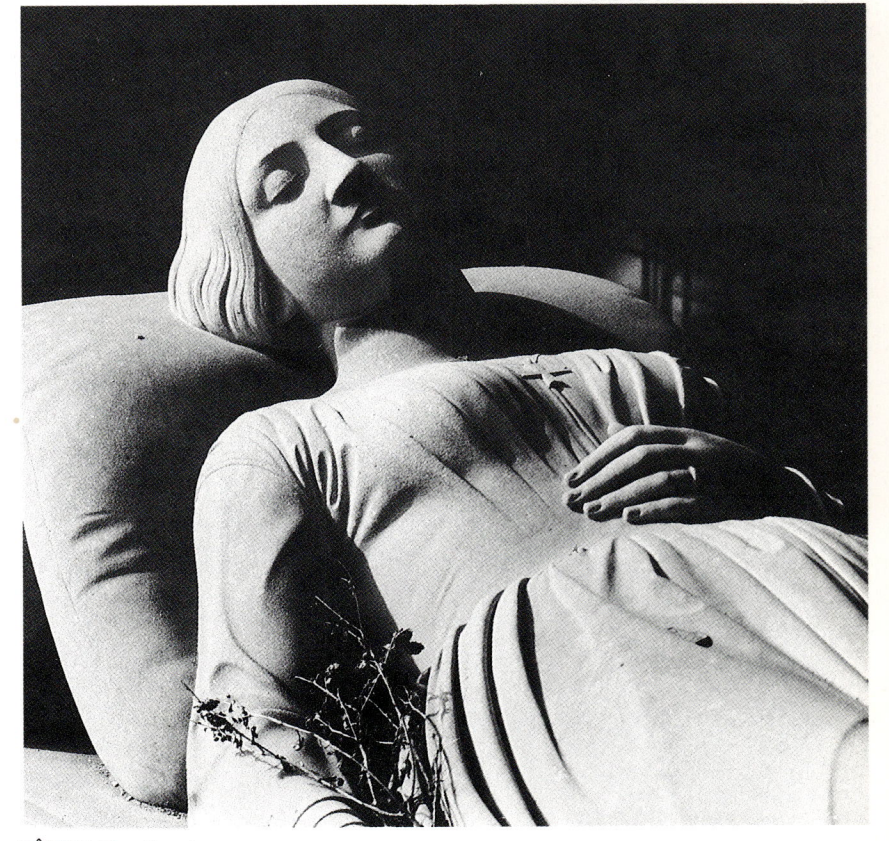

GÊNES (Staglieno)

Les cimetières publics, « acte de fondation d'un culte des morts »[6], créés par le décret du 12 juin 1804, ou 23 Prairial an XII, se nomment à Paris: Père Lachaise 1804, Montparnasse 1824, Montmartre 1825 ; à Rome: Verano 1834 ; à Gênes: Staglieno 1840 ; à Milan: Monumentale 1866. La revendication politique égalitaire est liée à la mise en forme du jardin potager et la restriction des ornements et des pompes tend à rejeter la frivolité dépensière des héritiers qui se donnent pour prétexte d'honorer leurs morts. Règle napoléonienne dont l'application stricte est combattue par Ugo Foscolo au milieu de l'apaisante vision des cyprès funéraires, dans les sépulcrales poésies intitulées Les Tombeaux, lorsqu'il évoque les fosses communes où dorment les restes sacrés:

« Mais une loi nouvelle à ce jour tient les tombes
Loin des pieux regards et dispute leur nom
Aux défunts. »

(6) Philippe Aries: L'Homme devant la mort.

La mort certes doit devenir « magistra vitae » et dans ce but le cimetière, même rejeté hors des villes, doit permettre l'échange divin entre les âmes...

« ... et souvent
Par lui on vit près de l'aimé disparu,
Et lui vit près de nous, si la pieuse Terre
Qui le reçut tout enfant et le nourrit,
Lui offrant dans son sein maternel
Un ultime asile, défend ses reliques
De l'outrage des nuées ou du profane
Pas de la foule, et qu'une pierre garde son nom
Et qu'odorant de fleurs un arbre ami,
A ses molles ombres, apaise sa poussière. »[7]

Les Idylles du suisse Salomon Gessner, l'œuvre de Poussin « Et in Arcadia ego » qui signifie aussi que la mort se manifeste au cœur même des plus grandes délices, en référence à ce séjour d'innocence et de bonheur chanté par les poètes antiques, les poèmes de William Shenstone le créateur de jardins, intitulés Lea-

(7) Traduction de Michel Orcel

MARSEILLE (St Pierre)

NÎMES (Protestant)

ATHÈNES (n°1)

sowes, ceux de l'abbé Delille et autre pastorales qui font pleurer, avaient donné naissance à ce culte qui rend une visite sentimentale à la tombe d'un être cher. René de Girardin appelait « Leasowers de France » ce site d'Ermenonville où avait été édifié par Hubert Robert et sculpté par Lesueur le sarcophage à l'antique de Jean-Jacques Rousseau. La vision chrétienne du monde cédait la place à une célébration panthéiste de la nature conçue comme une manifestation de la Divinité, et les éléments du paysage pittoresque du jardin étaient mis au service de la mort. Miroir de l'attitude de la société à l'égard de la mort, « l'architecture du cimetière ou son paysage jouèrent réciproquement un rôle social en cristallisant les idées et les émotions naissantes ».[8]

« Tout fait l'amour...
Même l'épitaphe et le marbre
La mémoire avec le passé. »[9]

[8] Richard Etlin: The architecture of death
[9] Germain Nouveau: Le baiser

La fin du dix-huitième siècle avait vu proliférer les projets de cimetières et de cénotaphes, parmi lesquels ceux d'Étienne Louis Boullée, reflètent le plus clairement les besoins spirituels de l'époque. Le cimetière en forme de champ de repos est donc né sous la Terreur, et le mémorial ou la tombe s'y intègrent comme élément du paysage au même titre que les bosquets touffus ou les allées sinueuses. Il y fallut concilier la déchristianisation et le rigorisme napoléonien avec ce fétichisme nouveau qui voulait exprimer totalement son deuil personnel sur des tombes faciles à repérer. Expression d'un individualisme effréné, de ce besoin de différence inhérent aux classes dites supérieures dont Quatremere de Quincy avait compris la nécessité lorsqu'il demandait que l'état ne craigne pas de voir violer l'égalité devant la mort. Malgré les lois promulguées contre « l'amour du faste » par des commissions esthétiques arbitres de l'idéologie, des épitaphes et des formes, les cimetières monumentaux de la France et de l'Italie romantiques, et à un degré moindre ceux d'Angleterre se remplirent peu à peu, en une sorte de bric à brac funèbre de stèles, d'urnes de croix, d'obélisques, de tombeaux, de chapelles...

BÂLE

ROME (Verano)

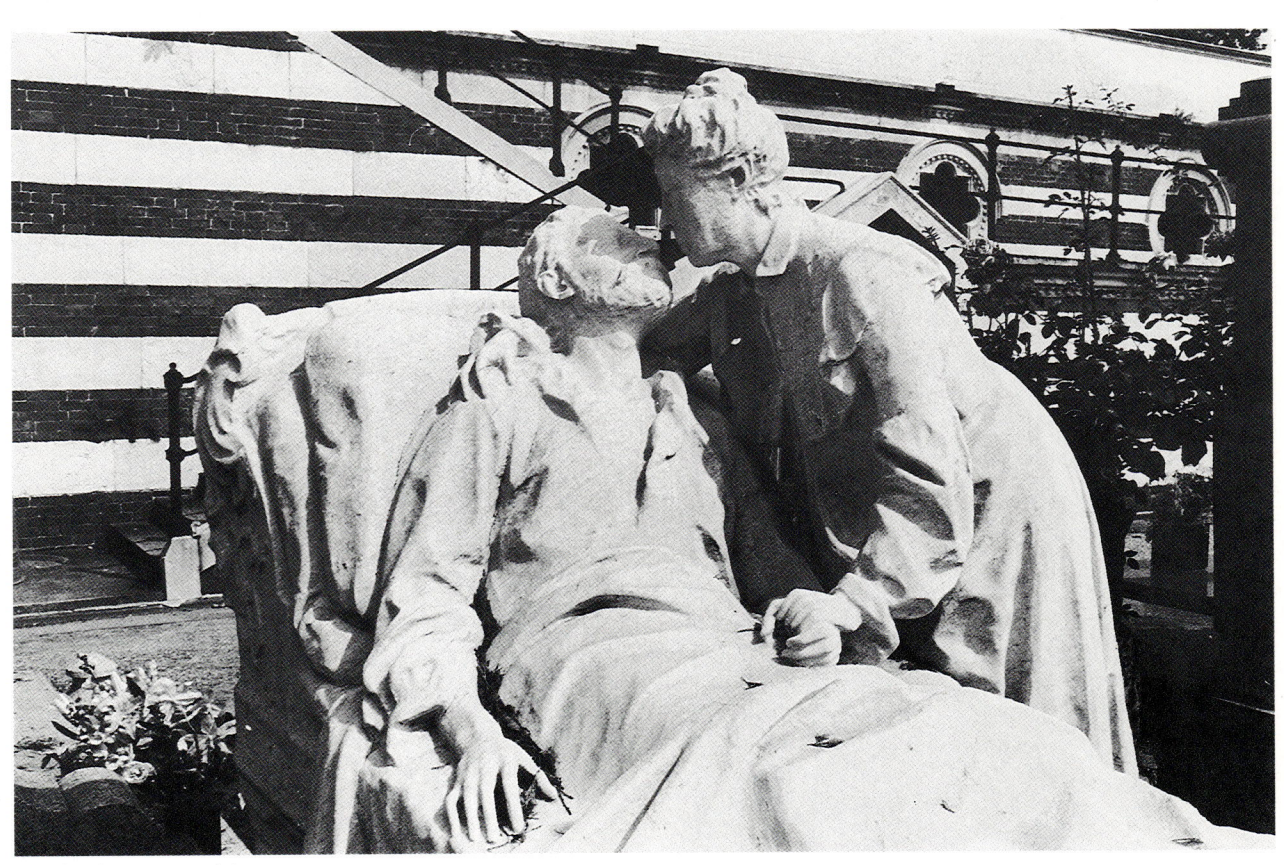

MILAN (Monumentale)

et de belles créatures qui pleuraient ou que l'on pleurait, répertoire de tous les styles connus, autant de signes métaphoriques des disparus, autant de signes d'un refus de leur abandon. « Le funéraire a gardé quelque chose du caractère exorciste de l'art, or il est une création de la collectivité destiné à l'individu. C'est dans de telles créations collectives que l'individu trouve une arme défensive contre l'idée de mort. » [10] La poursuite obstinée d'une continuité à travers la personne et la lignée, l'être et l'avoir, décide la bourgeoisie, classe sociale montante de la société à se faire construire avec des prétentions esthétisantes inégalement justifiées, des mausolées pour servir sa propre gloire et celle de la nation. Entreprise désespérée de survivre, dans un cimetière de luxe, « auto - complaisance contemplation narcissique de soi-même au contact avec l'événement fatal, exhibitionnisme » [11], certes, mais aussi désir de réunion dans le tombeau de famille et de dialogue autour de lui, entre les générations disparues et les générations vivantes. Lorsque l'enfant paraît, le cercle de famille applaudit à grands cris, ici lorsque l'aïeul disparaît, le cercle de famille, amputé de l'un de ses membres, se resserre et exprime ostensiblement sa douleur par couronnes de faïence ou pleureuses de pierre interposées à demeure.

Gisant, orants, enfants, anges intercesseurs, âmes matérialisées, animaux familiers même, dans ce vaste confessionnal collectif révèlent inconsciemment les ambitions économiques et politiques, les aspirations morales et religieuses, les frustrations sentimentales et charnelles. Toutes les modesties vaguement victoriennes s'écroulent ici et « ces glorieuses archives du genre humain » selon l'expression de David furent dénoncées par Balzac qui ne manqua pas de rapprocher la ville des vivants et la ville des morts : « C'est tout Paris, avec ses rues, ses enseignes, ses industries, ses hôtels mais vu par le verre dégrossissant de la lorgnette, un Paris microscopique, réduit aux petites dimensions des ombres, des larves, des morts, un genre humain qui n'a plus de grand que sa vanité. »

> Ici reposent
> Côte à côte dans un même sépulcre
> et unis après le trépas
> car leurs âmes le furent
> pendant leur passage sur cette terre
> et le resteront désormais
> irrévocablement
> dans le sein du créateur
> où elles sont allées
> se rejoindre
> les dépouilles mortelles de
> Jean Hausmann dit d'Augsbourg
> l'un des fondateurs
> de la manufacture de Logebach
> décédé le 1er octobre 1820
> à l'âge de 80 ans
> et celle de
> sa douce et modeste compagne
> Einbeth Caroline Hausmann
> née Schoell
> décédée le 19 avril 1821
> à l'âge de 72 ans. [12]

Dans cette nécropole qui perpétue les inégalités Victor Hugo, parfois, rencontre un spectre qui ricane, ironique, devant ces domiciles posthumes:

« Quoi c'est là votre mort ; c'est avec de l'orgueil
Que vous doublez le bois lugubre du cercueil.
Vous gardez préséance, honneurs, grades, avantages !
Vous conservez au fond du néant des étages !
La chimère est bouffonne. Ah ! la prétention
Est rare dans le lieu de disparition !
Quoi ! Privilégier ce qui n'est plus ! Quoi ! Faire
Des grands et des petits dans l'insondable sphère,
Traiter Jean comme peste et Paul comme parfum !
Etre mort et vouloir encore être quelqu'un ! » [13]

---

(10) Michel Guiomar: Principe d'une esthétique de la mort
(11) Ezio Bacino: I golfi del silenzio
(12) Cimetière de Colmar
(13) Victor Hugo: Les Quatre vents de l'esprit, XXV

MILAN (Monumentale)

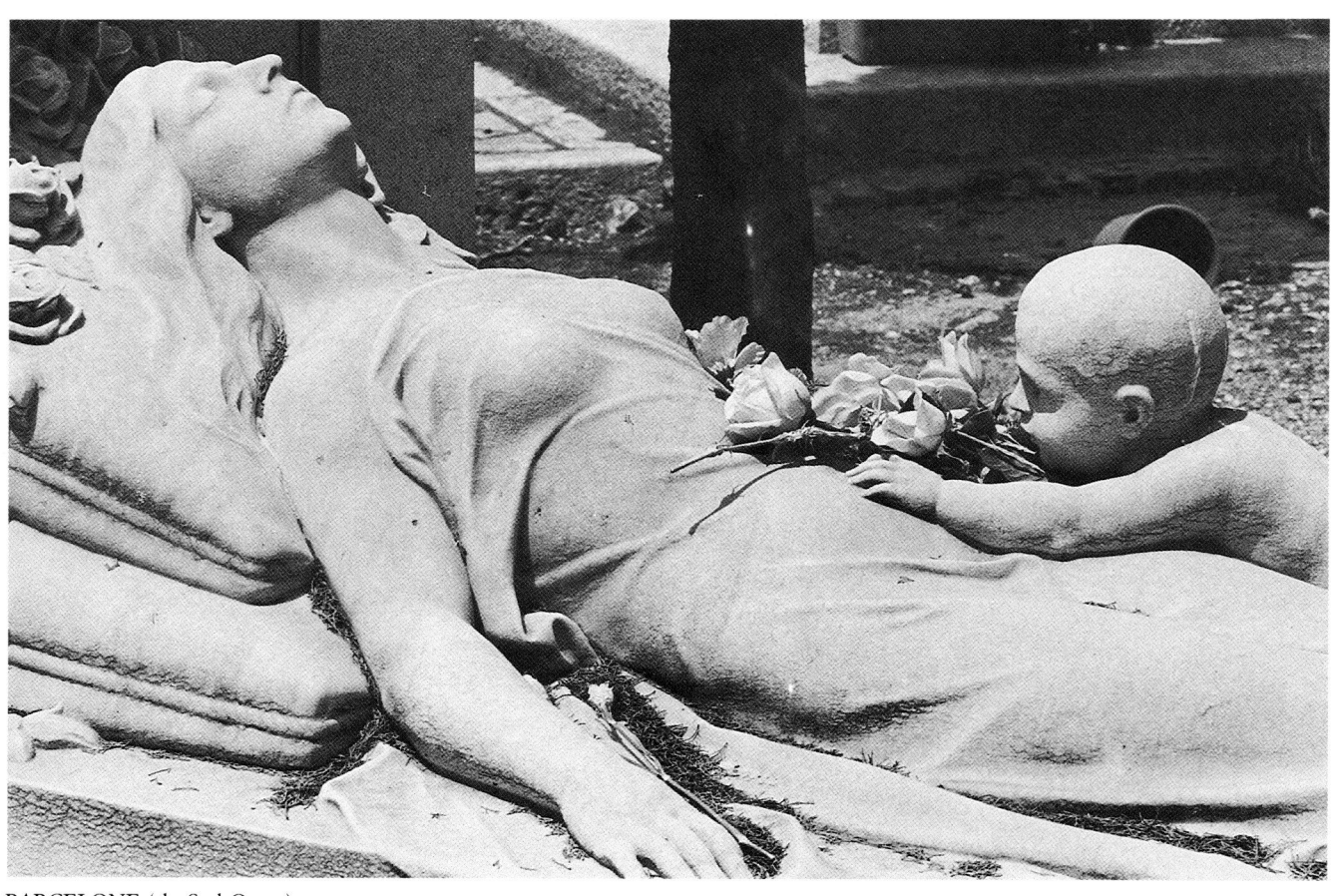

BARCELONE (du Sud Ouest)

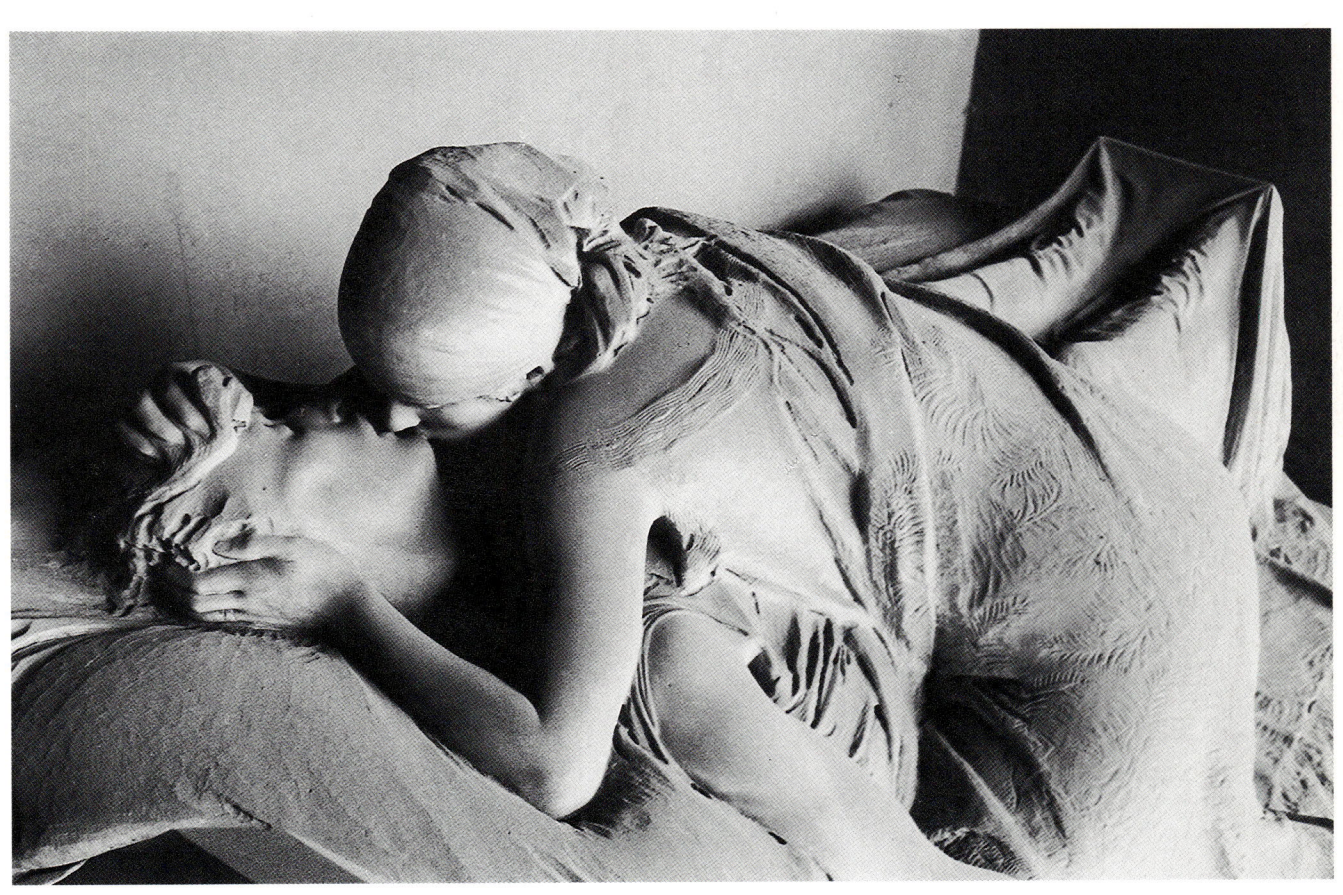

MILAN (Monumentale)

Cependant, la valeur historique de ces monuments n'est pas négligeable, particulièrement dans ce dix-neuvième siècle qui prit plaisir à découvrir et observer le fait individuel, l'acte humain singulier. L'histoire événementielle, tombant progressivement en désaffection et l'histoire culturelle valorisant le témoignage le plus minime, élevaient le cimetière au rang d'institution culturelle. « Pour nous aujourd'hui toute activité humaine ou toute destinée dont il nous reste un témoignage peuvent prétendre à une valeur historique chacune étant irremplaçable. »[14] Si la valeur artistique de ces monuments est parfois douteuse, on retrouve cependant à côté de signatures d'artistes souvent regroupés en confréries spécialisées et oubliées aujourd'hui, les noms des plus grands sculpteurs de l'époque, de Canova à Rodin. Chaque tombeau élevé comme une parole d'adieu adressée au mort par les survivants est l'expression architecturale de ce que fut tel homme, ou telle famille, tableau symbolique ou idéalisé de ses actes, de ses pensées, de sa foi éventuelle. Le libre penseur y demande un raisonnable hommage, le croyant y exprime sa foi en la résurrection éternelle, le parvenu veut y trouver la glorification de sa vanité, et architectures, sculptures funéraires, qui n'ont jamais été si florissantes, font de certaines nécropoles, en répondant aux fantasmes contradictoires de la société, « les conservatoires d'un art tour à tour classique, naturaliste, populiste, symboliste. »[15] La déchristianisation et son contraire la laïcisation n'empêchent pas, de l'ouest à l'est de l'Europe, alors même que la responsabilité des cimetières n'appartient plus à l'église, la prolifération des styles médiévaux et singulièrement le néo-gothique, qui voisinent avec les symbolismes païens des monuments néo-égyptiens. « Aucune croyance religieuse, aucun système pilosophique aucune doctrine politique ou économique n'a alors la force de conquérir l'adhésion générale, aucun sentiment esthétique commun ne peut éclore dans ces conditions. »[16]

La visite systématique et renouvelée des grandes nécropoles ou de plus modestes champs des morts, l'examen des caveaux, tombeaux, sépulcres, mausolées, hypogées ou cénotaphes, de Londres à Athènes, de Nice à Stockholm, de Lisbonne à Budapest, si elle néglige les plus petits particularismes régionaux, voire même les différences caractéristiques entre les cimetières anglo-saxons, continentaux ou méditerranéens, conclut à une sorte d'internationalisation du paysage funéraire. Certes les enfeus de Lisbonne ou de Saragosse sont exclus des churchyards britanniques, les totems de bois de Domsod en Hongrie ne poussent pas entre les villas patriciennes de Rome et les chalets gravés sur les stèles de Lausanne seraient incongrus dans le Campo Santo de Naples, mais, pour qui voudrait dresser en Europe une carte du Tendre des régions de la mort, il y trouverait tant dans la moitié est que dans la moitié ouest, tombes sur tendresse, tombes sur inclination, tombes sur petits soins, tombes sur reconnaissance, tombes sur jolis vers ou... tombes sur oubli et concessions abandonnées. Pays modéré, presque plat, parsemé de tombes d'indifférence ou de négligence mais qui aux pudeurs de la carte de Mademoiselle de Scudéry, ajoute quelques nouveaux sentiers qui mènent, pour qui sait les repérer, à des tombes de passion ou de sensualité.

Régions étranges dont les chemins le plus souvent déserts sont envahis chaque année le jour de la Toussaint, 1er novembre, plutôt que le jour des morts, 2 novembre, par une foule « qui renoue avec le vieux rite cosmique de communication avec l'au-delà pour célébrer l'éternité de la famille et de la vie. »[17] Nous nous retrouverons, semblent dire à leurs morts ces pèlerins qui vont vaquer « aux doux labeurs champêtres des éternels regrets »[18] et verser « quelques larmes d'amour pour ceux qui ne sont plus »[19], devant des mains unies symboles de l'union par delà la mort et de spectaculaires moments de la fin, parents laïcs des piétas d'autrefois.

---

(14) Alois Riegl: Le Culte moderne des monuments
(15) Maurice Rheims: les sculpteurs du XIXème siècle
(16) César Daly: Spécimens de tombeaux

(17) E.et A. Burgnière: Nouvel Observateur, 31 octobre 1977
(18) Jacques Prévert: Rien à craindre in Histoires
(19) Paul Verlaine: La mort

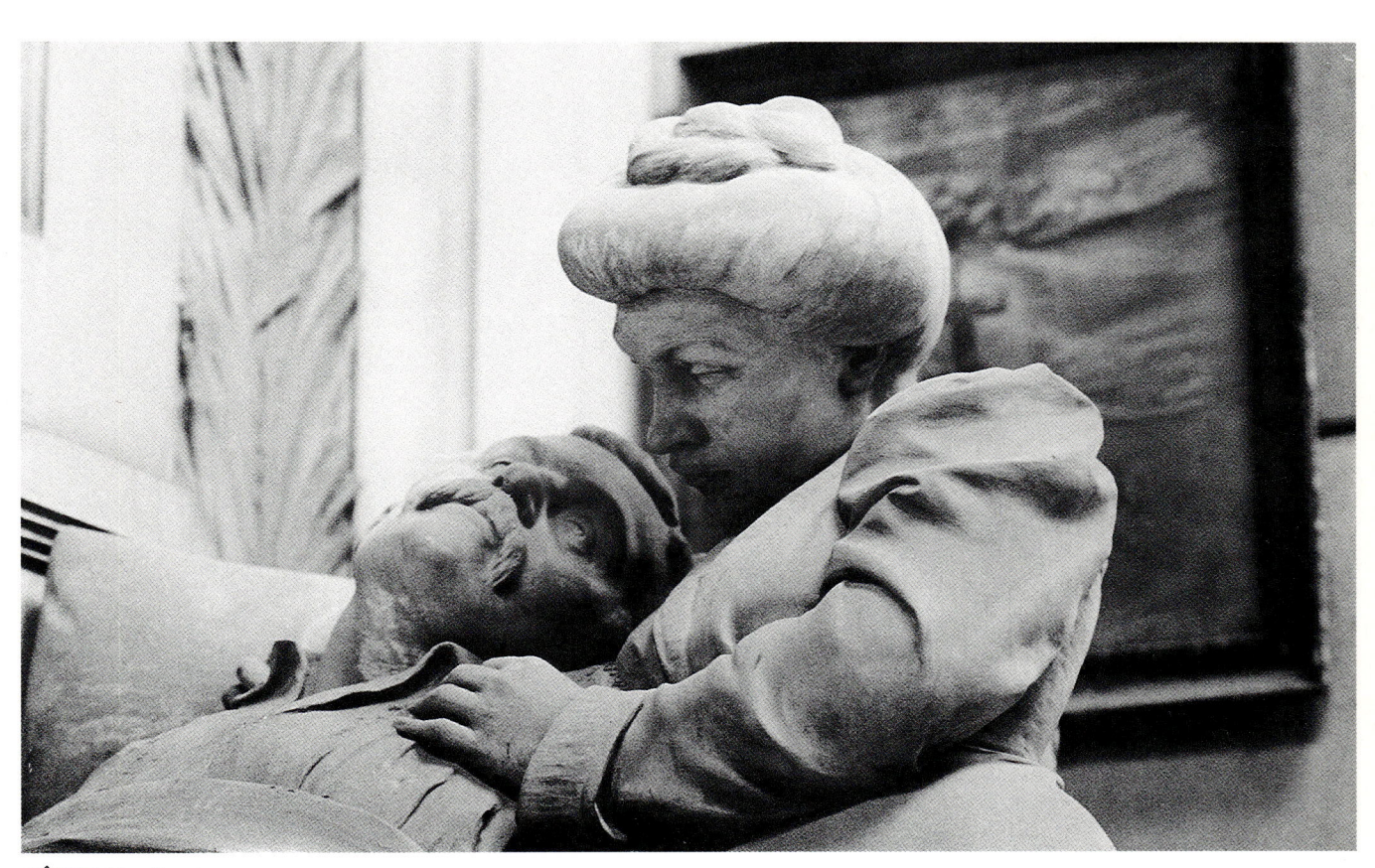

GÊNES (Staglieno)

La mort est devenue le lien propice à l'affirmation des grandes passions et au déchaînement des grandes émotions qui se donnent à voir dans de grandioses manifestations de deuil. Théâtre de l'amour-passion avec sa volonté de saisir la singularité d'un instant dramatique afin de provoquer la compassion. Désir plus trouble aussi de surprendre le visiteur en mettant en spectacle son propre drame. Tentation de donner à la conclusion émouvante d'une destinée sans doute banale et peut-être médiocre, l'originalité de l'exceptionnel, l'aura du pathétique. Scènes privées au chevet du mourant, auprès du lit, lieu de naissance, d'amour et de mort. Équivoque étreinte des couples d'autant plus frénétique que l'on sait qu'elle est la dernière, baiser d'autant plus frémissant qu'il est posé sur des lèvres encore tièdes. Des mains crispées qui se tordent, des mains jointes qui prient, des mains qui recouvrent ou qui découvrent pour l'ultime fois un visage, des mains de femme presque toujours, mains de pleureuses à l'antique ou de bourgeoises en cheveux qui se lamentent de la perte de l'homme. C'est en majorité aux femmes qu'incombe l'expression de l'affliction. Doit-on se contenter d'y lire le banal constat statistique selon lequel la mort exerce d'abord son choix parmi les chefs de famille, ou bien rechercher dans la femme elle-même, dans la condition qui lui est faite, le destin qui est le sien, les raisons de cette omniprésence ?

GÊNES (Staglieno)

TRIESTE

Péché d'amour péché mortel

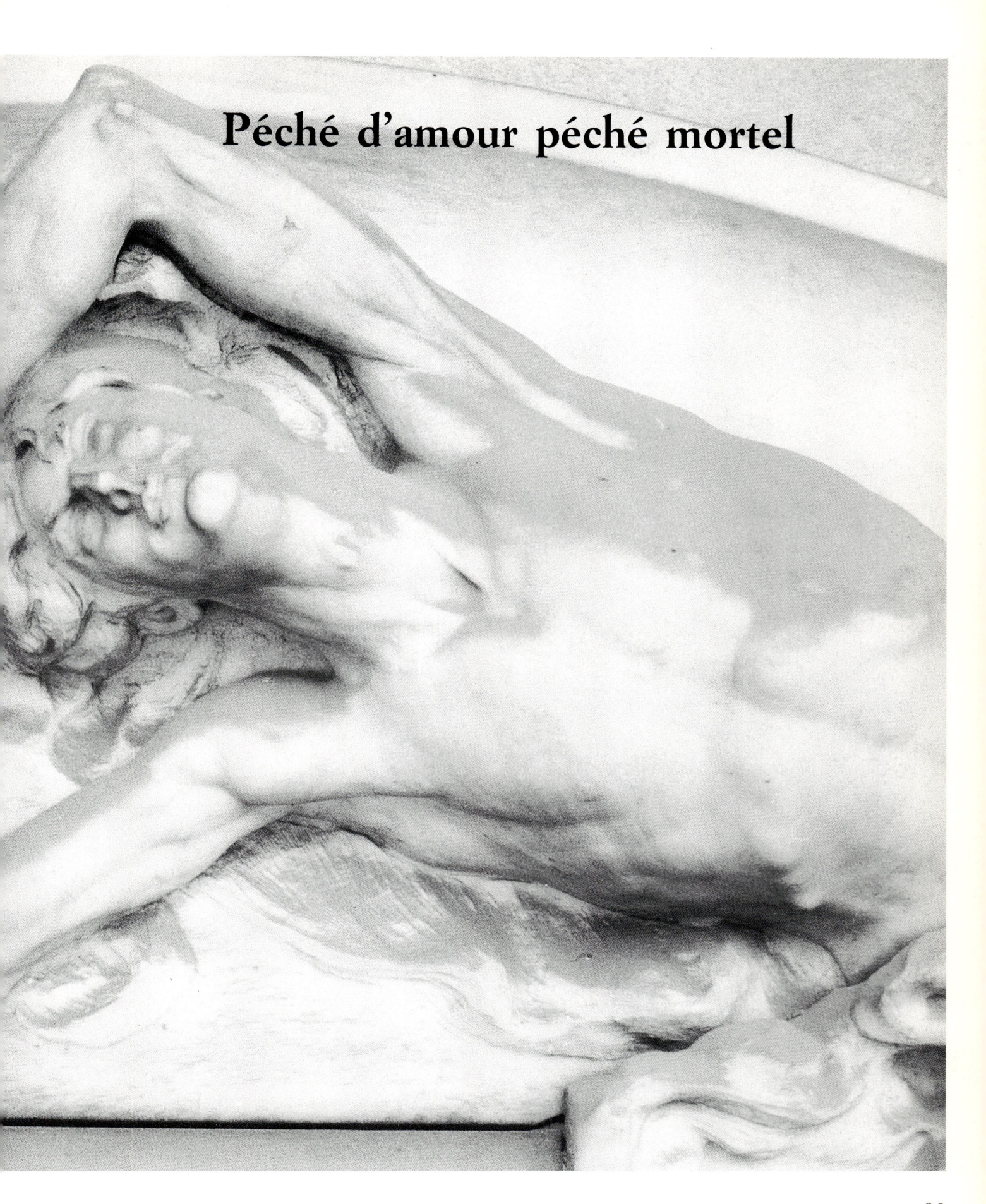

Conscient de sa mort inéluctable, l'homme qui se veut immortel s'est de tout temps ingénié à échafauder des théories propres à le persuader de l'invulnérabilité de sa conscience à défaut de celle de son corps. S'étant convaincu, enfin, que l'esprit, encore appelé Ame, est une entité indestructible, l'homme veut croire que la mort du corps n'est qu'un passage difficile certes, mais riche des promesses d'une vie spirituelle éternelle. Cette immortalité est promise par toutes les religions à condition de satisfaire à la notion de sacrifice et de salut par la rédemption. Entre autres sacrifices, celui des élans du sexe, élan d'autant plus vigoureux qu'il est excité par les interdits, est sans doute celui qui permettra le mieux de mériter l'immortalité. La mort n'est autre que le châtiment du péché et particulièrement de l'acte sexuel. « La corruption et la mort ont été introduites dans le monde par le péché. »[1]

> Le salaire du péché c'est la mort mais le Don de Dieu c'est la vie éternelle par Jésus Christ notre seigneur[2]

Avec le triomphe du christianisme fut condamné l'érotisme orgiaque des cultes en honneur dans le monde antique, rejeté comme une abomination païenne. Le souci de la pureté rituelle, héritage judaïque, stoïcien et néo-platonicien et la méfiance aggravée à l'égard des attachements terrestres et plus particulièrement charnels, dégénèrent en une sexophobie dont les effets se font toujours sentir aujourd'hui. « Il n'y a point de péché qui déplaise tant à Jésus Christ que le péché de chair et c'est ce qui a fait dire à Saint Augustin: que plusieurs de ceux qui commettaient des impuretés la nuit que Jésus vint au monde moururent de mort subite... C'est le vice qui donne le plus de plaisir au diable, puisque c'est l'annonce la plus charmante et la plus efficace pour attirer les âmes dans ses pièges... Il n'y a pas de péché

(1) Saint Jean Chrysostome
(2) Cimetière de Toulouse Rapas

LUGANO

MONACO

BUDAPEST (Kerepesi)

MILAN (Monumentale)

dont toutes les circonstances soient mortelles comme celle du péché d'impureté... Un regard lubrique, une pensée impure avec la moindre complaisance, ce sont des péchés mortels qui vous condamnent aux flammes éternelles. »[3]

La seule légitimité de l'acte sexuel devint la procréation, la seule condition permise de la procréation devint le mariage. « Ce sont les penseurs catholiques qui ont mis le plus de différence entre la volonté de faire l'amour par devoir et l'abandon inconscient à la volupté. »[4] Si la libido fait le ressort principal de l'acte conjugal, il y a péché mortel affirme Saint Thomas car les organes sexuels sont donnés à l'homme non pour le plaisir mais pour la conservation de la race « au point que même un mariage légitime n'est que le bon usage d'une chose mauvaise »[5] et même l'acte sexuel des époux n'est exempt de faute que s'il n'y a entre eux aucune mauvaise délectation de la volupté écrivait Nicolo de Orsino en 1444. « Sans le

(3) Doctrinal de Sapience, 1604
(4) René Nelli: Érotique et civilisation
(5) Jean Delumeau: Le péché et la peur

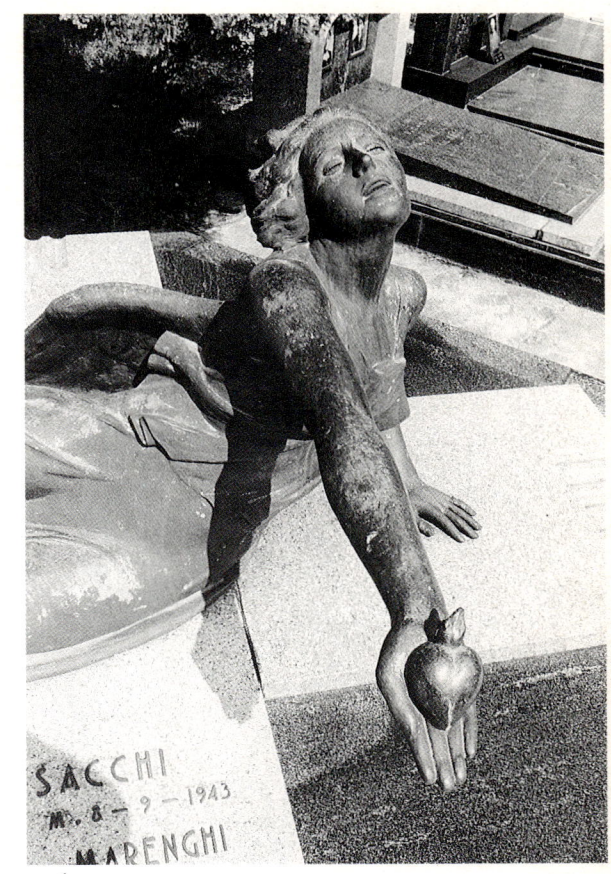

CRÉMONE

GÊNES (Staglieno)

MILAN (Monumentale)

GÊNES (Staglieno)

SINTRA (Portugal)

GÊNES (Staglieno)

VARSOVIE (Ewang-Augsburski)

SARAGOSSE

GÊNES (Staglieno)

102

péché, constate Lo Duca dans l'Érotique de l'art, la luxure ne serait qu'un simple excès de l'imagination érotique et, avec le christianisme, l'érotisme atteint son sommet, il reçoit ce grain de sel qui manquait à sa période d'« abandon ». Parfois survivance du paganisme, l'art médiéval offre de nombreux exemples d'un érotisme qui apparaît en contrepoint des thèmes sacrés et exprime en des scènes truculentes, à la fois la terreur et l'attrait exercés par le sexe et par un corps non plus miroir de la perfection divine mais objet de honte.

A l'aube de la Renaissance les représentations plus hédonistes du Paradis annoncent des délices semblables aux délices terrestres mais multipliées, exacerbées dans les étreintes les plus accomplies que l'on puisse rêver, plus parfaites encore que les extatiques étreintes des anges qui, dans les cimetières, viennent enlever à la terre de jeunes beautés ravies, dans tous les sens du terme, pour les déposer sans effort dans ce « Paradis de béatitude récompense de leur vertu »[6]

> La trouvant trop belle pour l'humble nature
> Dieu la fit élue des champs éternels
>
> ———
>
> Mille fois heureuse celle qui a reporté au ciel
> dans toute sa blancheur sa robe d'innocence

Ces deux épitaphes et nombre de leurs variantes illustrent l'idée selon laquelle innocence et virginité sont un gage de plus grand bonheur au ciel de même que les plus grandes misères promettent une plus grande félicité dans l'autre monde. « La chasteté est le lys des vertus, elle rend les hommes presque égaux aux anges. »[7] Aussi exhorte-t-on les jeunes filles à embrasser la vie religieuse.

> « Oh ! malheur épouvantable
> Perdre la virginité :
> La perte est irréparable
> Dans toute l'éternité...
> Gardons nos lys dans la crainte
> La retraite et la contrainte. »[8]

(6) Alberto Tenenti: Sens de la mort et amour de la vie
(7) Saint François de Sales
(8) Grignon de Montfort

MILAN (Monumentale)

GÊNES (Staglieno)

Les femmes conçues et nées dans le péché comme les hommes d'ailleurs (!) à défaut de cette virginité que la morale bourgeoise récupérera peu à peu pour lui attribuer une valeur non seulement éthique mais marchande, doivent dans l'état saint et honorable du mariage donner des enfants à l'église et des élus au ciel.

> Ici repose
> dans la Foi et l'Éspérance
> S.J.F. Turretini
> épouse chérie de M.A. Pichet
> Elle fut
> esclave de ses devoirs, de fille, d'épouse, de mère,
> de parente, d'âme. Généreuse, charitable,
> chrétienne par excellence, honneur de son sexe
> trop parfaite pour cette terre, le ciel l'a réclamée
> le 28 juin 1811, âgée de 54 ans.
> Il lui avait donné en 35 années de mariage
> 3 filles, et onze petits enfants
> Puissent ses bénédictions reposer sur sa famille [9]

L'église, cependant, perd lentement mais inexorablement son empire. La subversion des idées et la déliquescence des valeurs à la fin du dix-neuvième siècle est le prétexte à l'éclosion d'un mysticisme confus et de cultes pseudo-religieux « en ces temps de libre pensée où la foi rase les railways et aboutit surtout au temple grec de la Bourse. »[10] Les parangons de vertu et de respectabilité dénoncent « les pornographes qui les yeux au ciel prêchent la sainte parole », « les épicuriens à l'imagination catholique » selon le mot de Sainte Beuve, qui goûtent par dessus tout dans la religion « les charmes du péché, la grandeur du sacrilège et dont le sensualisme a caressé les dogmes qui ajoutaient aux voluptés la suprême volupté de se perdre. »[11] La sensualité qui règne dans l'art académique et saint sulpicien d'alors, confirme bien que la religion chrétienne est essentiellement celle de la volupté, même si officiellement l'église proscrit l'insolite, prône un esprit résolument traditionnel en matière d'art sacré, critique la sentimentalité des « sculptures en saindoux » à « l'odieuse éloquence », au « regard fade et langoureux gênant ». Les figures des vierges lit-on sous la plume des prêtres censeurs relèvent trop souvent de « l'esthétique pour parfumeur » ou pour « cartes postales sentimentales » et leur modelé fondu a quelque chose de « libidineux », elles sont l'équivalent plastique d'une « roucoulade du plus mauvais goût. » Toutefois le péché est le grand attrait qui suscite l'amour de la divinité. Plus on se sent pécheur, plus on est chrétien. Et ce sont précisément les pécheresses repentantes mais dépoitraillées et les martyres des origines du christianisme qui tentent de voler au secours d'une église que l'on voit déjà contestée par le pouvoir civil en d'autres œuvres parmi lesquelles l'enterrement à Ornans de Gustave Courbet.

En apparence, le message dogmatique de l'Église persiste dans le cimetière mais les formes dont il se pare dans l'expression de la douleur adoucie par l'espérance ou dans celle de l'envol de l'âme vécue comme une ascension au septième ciel, ne laissent pas d'être troublantes et témoignent de la perte de son pouvoir consacré et de son contrôle souverain sur les choses de l'amour et de la mort.

L'architecte spécialiste des cimetières, Robert Auzelle, constate en 1949 dans l'Art sacré: « Depuis longtemps l'église ne s'intéresse plus au cimetière » et dans la même revue Claude Roger Marx se fait le porte-parole de l'Église qui souhaite que les cimetières des villes redeviennent « nobles et chrétiens. » « Que dans le lieu de l'égalité, une société d'anciens vivants persévère, si limité que soit l'humus concédé à chacun, à nous entretenir de ses goûts, de ses privilèges et de ses petites affaires, que les simulacres de Monsieur et Madame Pigeon couchés en plein air dans un lit de bronze [12] continuent à prendre leur quotidienne infusion, que comme dans les Campo Santo italiens, la petite fille aux cheveux épars coure éternellement après son cerceau, que le poète étouffe sous le poids de sa Muse, que la veuve sèche des larmes de marbre avec le mouchoir le plus

(9) Genève: cimetière des rois
(10) Yann Le Pichon : L'érotisme des chers maîtres
(11) Anatole France : La vie littéraire, 3ème série

(12) Au cimetière Montparnasse à Paris

finement ouvragé, voilà qui paraît peu supportable. Tant d'agitation détruit à ce point l'idée du repos qu'au Requiescat in Pace semble se substituer je ne sais quel Dormiat in bello... Un grand nombre d'entrepreneurs, de sculpteurs, chargés de décorer, de polir, de graver la pierre sont recrutés aujourd'hui encore parmi les originaires d'un pays qui, depuis la Renaissance, entretient avec l'au-delà les relations les plus mondaines. La glorication de l'homme efface celle de Dieu. »[13] « Les dévergondages architecturaux » ont donc acquis droit de cimetière.

(13) Claude Roger Marx: Art sacré, n° 3-4, 1949

LISBONE (Alto San Joao)

ATHÈNES (n°1)

MILAN (Monumentale)

La femme-pour-Dieu

Six cents ans avant Jésus-Christ, Lao Tseu déclare que le doux l'emporte sur le dur, l'eau sur le rocher, le féminin sur le masculin.

Eve c'est la vie, celle qui devait devenir la mère de tout vivant, la femme qui reçut la promesse de salut, la femme à qui s'adresse le message de l'annonciation, la femme à laquelle apparaît d'abord le Christ ressuscité. La Bible érige la femme en principe religieux de la nature humaine. Le vieil adage, « ce que femme veut, Dieu le veut », semble conférer à la femme le rôle de gardienne des valeurs morales et religieuses. Cependant la lecture attentive de l'Ancien Testament y découvre les premiers principes de son exploitation. Même si elle est le symbole de l'esprit, selon les mystiques chrétiens, « la femme selon l'Eglise n'est pas la femme tout court mais la femme soumise aux grandes lois divines qui la régissent. La Vierge doit accéder à la maternité spirituelle et la mère doit revenir à la virginité spirituelle ».[1] Pour la femme point de salut hors de l'acceptation de la mission de Marie, à l'imitation de l'image de Marie, à la fois vierge, épouse et mère, triple vocation de la femme

(1) Gertrud Von Le Fort : La femme éternelle

GÊNES (Staglieno)

GÊNES (Staglieno)

GÊNES (Staglieno)

MILAN (Monumentale)

GÊNES (Staglieno)

109

MILAN (Monumentale)

MILAN (Monumentale)

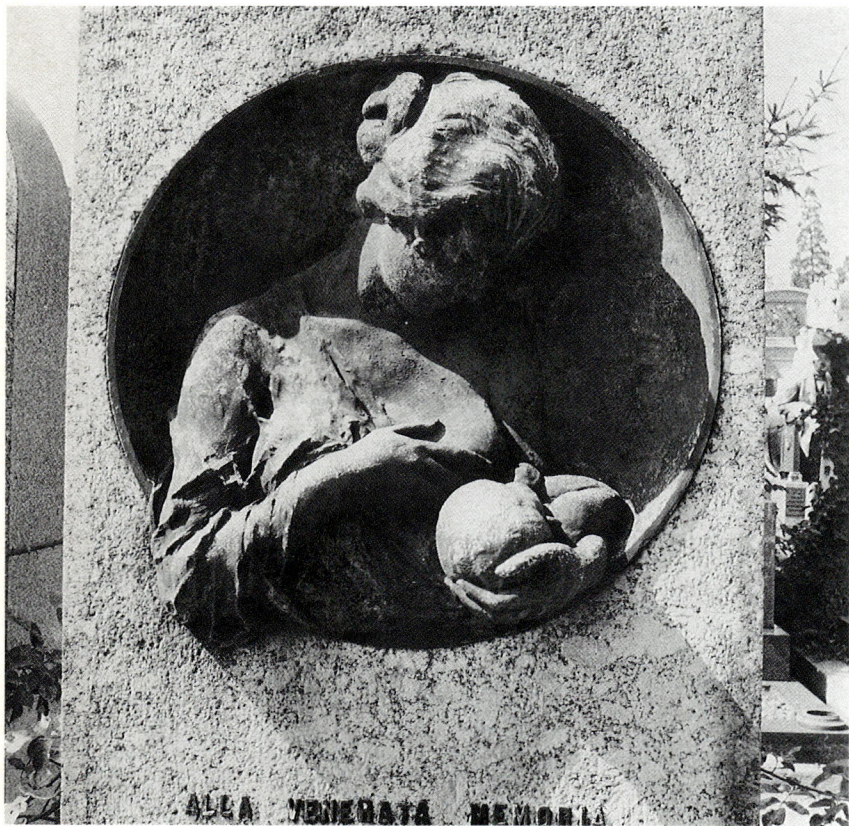

éternelle. « Plus une femme est sainte plus elle est femme. »[2] L'Eglise, qui réserve à l'homme les charges hiérarchiques n'accorde donc à « l'ancilla domini » qu'un rôle charismatique, elle lui refuse le pouvoir de faire œuvre personnelle en lui octroyant généreusement des dons spirituels extraordinaires en vue du bien général de la religion. Extraordinaire dualité de la femme considérée par l'Eglise à la fois comme « ancilla domini et vase de luxure, mère de Dieu et Eve de péché. »[3]

Source de toute morale, la spiritualité féminine, au contraire de l'égocentrisme masculin résiderait dans « l'altérocentrisme »[4], « principe maternel de pureté, de sacrifice de soi et de protection des faibles. »[5] C'est dans la femme que s'incarne « la part spirituelle et angélique, l'anima de l'homme, son Moi réel. »[6] Déjà spiritualisée dans la matière, la femme placée entre l'homme et Dieu sur l'échelle qui monte vers la divinité doit sans cesse arracher son compagnon aux tentations de l'éternel inconnu pour le ramener à l'amour, c'est à dire à Dieu, qu'elle a le privilège de regarder de plus près que lui. Happée par la lumière divine la femme se meut plus facilement que l'homme dans le domaine religieux parce que l'amour procède des valeurs spirituelles et que sa mission est d'offrir à l'humanité la même compagne que la Béatrice à qui Dante s'est confié pour le même périlleux voyage. Dès lors, la présence de la femme à l'instant du grand passage, toute de tendresse et de réconfort, sa présence encore après l'instant fatal, toute de douleur et d'émotion, sa présence prolongée enfin dans le deuil, toute de prière et de supplication, prend tout son sens. Le chemin du Paradis, que l'on soit vivant ou que l'on soit mort, ne se révèle qu'à la rencontre de la femme aimante aux qualités autant dire surhumaines et dont les élans de ferveur et les actions de grâces intercèdent prodigieusement, pour fléchir la sentence divine et obtenir le salut de l'homme. Comme un totem dressé vers les dieux, la femme de pierre dont le cœur bat toujours pour le disparu, poursuit dans le cimetière sa demande d'indulgence. Après avoir aidé l'homme à se réaliser dans la vie grâce à son œuvre de maternité spirituelle, par l'offrande permanente de

(2) Léon Bloy
(3) Françoise d'Eaubonne : Le Complexe de Diane
(4) Gina lombroso : L'âme de la femme
(5) Paul Evdokimov : La femme et le salut du monde
(6) Robert Benayoun : Erotique du surréalisme

KARLOVI VARY (ex-Carlsbad)   MILAN (Monumentale)

111

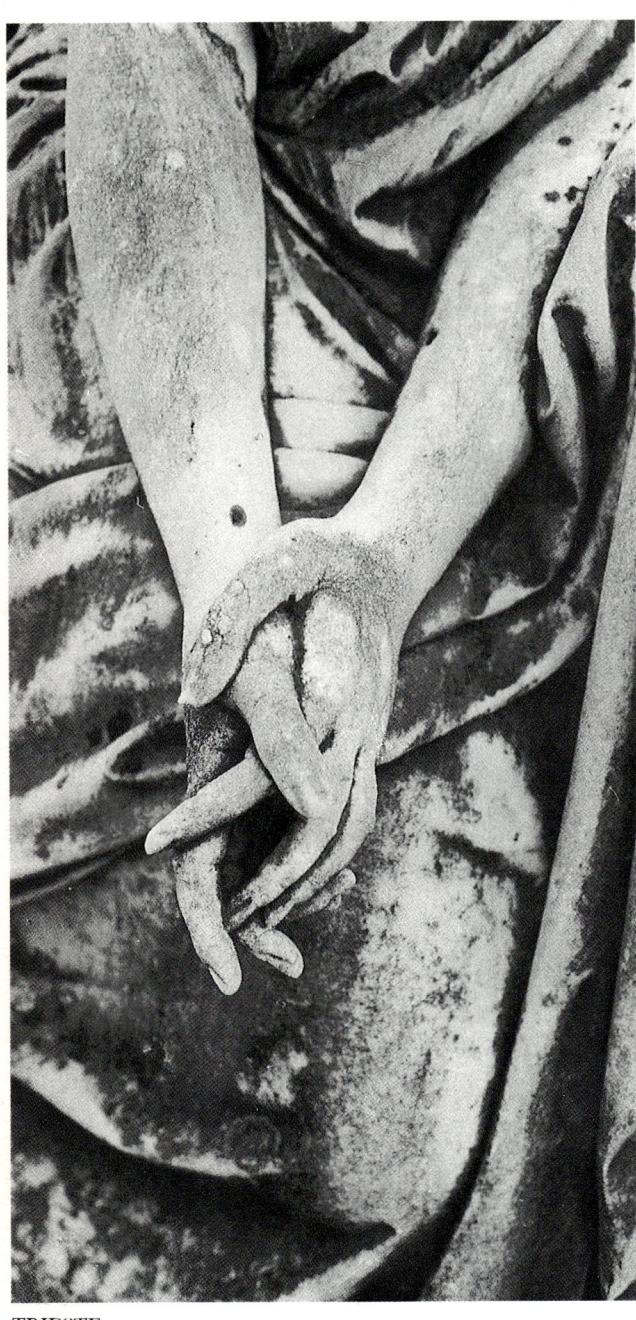

TRIESTE

soi-même, elle persiste donc dans son rôle d'intercession salvatrice auprès du juge suprême. Car il agit bien de missions multiples que joue « sous le voile l'éternel féminin »⁽⁷⁾ ou plutôt qu'on lui fait jouer, chose de l'homme et chose de la divinité, que l'on adore et que l'on se réserve, que l'on magnifie et que l'on s'approprie. « Maris aimez vos femmes comme le Christ a aimé son église...Ainsi les maris doivent aimer leur femme comme leur propre corps » prêche Saint Paul. Femmes voilées par le deuil mais aussi par la marque de l'autorité dont elles dépendent, symbole de sousmission, mais si de dentelles et de soie, transformé en parure de luxe.

> She vanquished in beauty all
> other women
> And surpassed in wisdom most
> of the men
> She is not dead, she lives where she
> did love
> Her memory on earth, her soul
> above.⁽⁸⁾

Femme modèle de perfection, sortie tout droit du catalogue des vertus négatives appréciées par l'Eglise, héroïsme des martyrs, pureté des vierges, chasteté des veuves, mérites de femmes pieuses, vertus radicalement opposées aux monstruosités de la pécheresse : concupiscence tentatrice de la femme fatale, qualités diaboliques de la sorcière, toutes deux instruments de la perdition des âmes. Après la fin, au dix-septième siècle, de la mystique amoureuse des époques précédentes, laquelle affirmait qu'il faut aller à Dieu par l'intermédiaire de l'amour profane entre les sexes mais exalté et purifié, le reniement de cette doctrine par un de ses plus ardents défenseurs, le poète Pétrarque, indique combien était grande la pression de l'Eglise qui s'inquiétait du détournement de l'amour divin au bénéfice de la femme et des amours terrestres.⁽⁹⁾ »

(7) Goethe
(8) Londres : cimetière de Putney Vale
(9) René Nelli : Erotique et civilisation

PRAGUE (Narindny)

MILAN (Monumentale)

GÊNES (Staglieno)

BARCELONE (du Sud Ouest)

113

LUCERNE

Au dix-neuvième siècle, l'Eglise toujours alarmée a considéré avec inquiétude les utopies hérétiques qui risquaient de saper un ordre moral et social dont elle était un des piliers. La nouvelle « Mère » des Saint Simoniens, l'importance donnée à la femme dans les projets de société positive d'Auguste Comte, autant de menaces pour les conceptions chrétiennes strictement orthodoxes de la femme. Les prélats veulent « ramener la Femme, l'épouse, la mère dans le berceau de l'Eglise, en lavant son imagination de l'excès de grandeur pour excès d'humanité dont l'avaient abreuvée les Utopistes. »[10] L'union libre est la cible particulière de leur réprobation et les hymnes à la femme chrétienne y répondent, reprenant la formule de Saint Jean Chrysostome : « A l'homme l'agora, à la femme la maison. » Formule qui n'est pas faite pour déplaire à une société phallocrate qui l'exprimera à la veille d'une période tragique de l'histoire dans cette version allemande : Kinder - Küche - Kirche, les enfants, la cuisine, l'église.« Il nous fait épouses et mères, les saintes à la maison, dans le sanctuaire de la maison ». On peut lire dans une conférence du Père Doncœur de 1938 (!) : « Comment nier qu'un peuple où les femmes accepteront avec courage de telles disciplines assure ses victoires ? Si ce mot d'ordre s'empreint de la grâce chrétienne ne fera-t-il pas d'un peuple le chef- d'œuvre de Dieu ?»

(10) Olga Wormser : La femme dans l'histoire

INNSBRÜCK

MILAN (Monumentale)

La femme-pour-l'homme

117

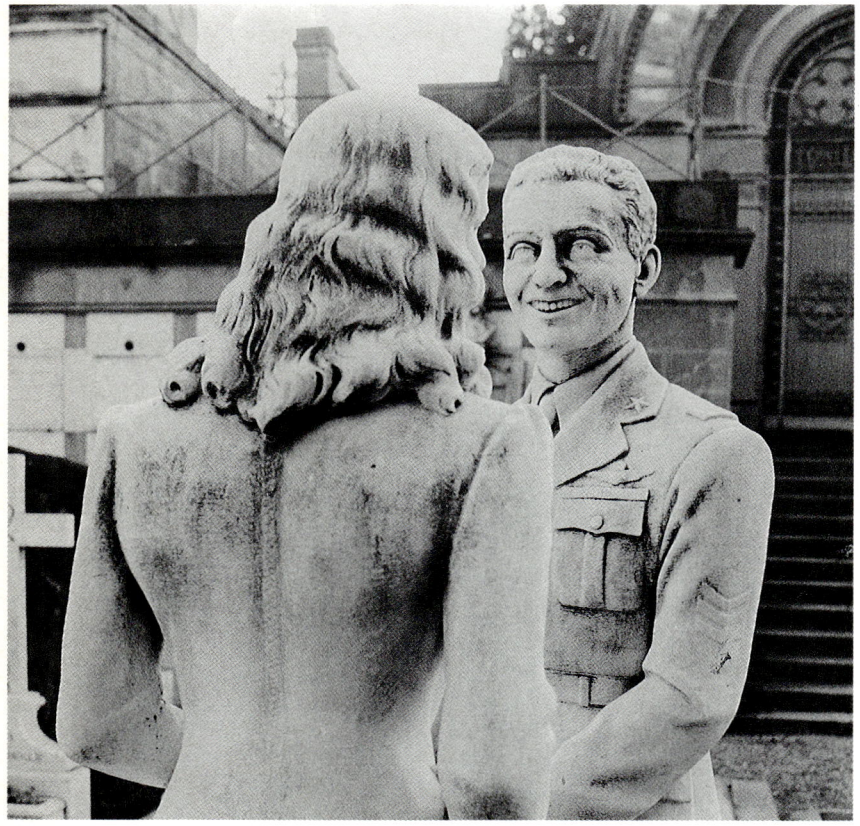

L'éternel féminin, l'ewig-weibliche n'a sans doute pas qu'une signification galante. Il « nous attire en haut » assure Goethe et son pouvoir d'agir sur les émotions d'autrui le fait considérer tour à tour avec extase et avec inquiétude comme une sorte d'abstraction derrière laquelle l'être vivant de la femme disparaît dans les constructions éthérées détachées du réel. Si la femme, selon Jules Laforgue, est « l'infini qui tombe sous les sens », selon Michelet « elle est une religion, un autel ». Religion, elle l'était devenue lorsque les troubadours et les ménestrels avaient conçu l'amour comme une création morale entièrement détachée de la reproduction de l'espèce et lorsque les théories amoureuses du Dolce Stil Nuovo avaient fait de l'objet adoré une manière d'ange que son idéalité même rendait inaccessible. La femme est la catégorie de l'idéal et l'homme, en faisant d'elle « le symbole de toutes les valeurs: sagesse, philosophie, bonne mort et salut » [1], a idéalisé la femme inaccessible pour avoir le droit de traiter comme un objet celle qui était à sa portée.

Si les tombeaux de l'homme mettent parfois en scène une femme bien réelle, plus souvent encore c'est d'une femme déjà célestielle qu'il s'agit, sans laquelle il ne serait pas possible d'aller à Dieu directement. Seules les contraintes de la matière font confondre dans son image la femme céleste et la femme charnelle. Survivance néo-platonicienne qui retient ici dans le bronze ou la pierre les deux grands archétypes féminin. Si la dissociation de l'amour et du plaisir à l'heure de la mort et du deuil s'y réalise toujours au profit apparent de l'amour, la beauté obligatoire de la représentation ne peut manquer d'y évoquer le plaisir sous une forme d'érotisme transcendantal. « Je t'adore ange et t'aime femme ! ». Dans ce vers aux frontières du calembour et du ridicule Victor Hugo décrypte la façon dont la femme en vient à incarner pour l'homme toutes les apirations qu'elles soient métaphysiques ou sensorielles.

FLORENCE (Porte Sante)

PARIS (Père Lachaise)

(1) René Nelli: Érotique et civilisation

CRÉMONE

MILAN (Monumentale)
BUDAPEST (Kerepesi)

« Chair de la femme ! Argile idéale, ô merveille !
Si sainte qu'on ne sait, tant l'amour est vainqueur,
Si cette volupté n'est pas une pensée,
Et qu'on ne peut à l'heure où les sens sont en feu,
Étreindre la beauté sans croire embrasser Dieu !(2)

La femme qui était « porte de l'Enfer » pour les ascètes, devient porte du Ciel pour les romantiques et l'antichambre du Ciel n'est-ce point précisément ce lit de mort au chevet duquel on la place, ce cercueil sur lequel on la couche, ce tombeau sur lequel on lui demande de prier encore et encore ? Chevelures qui pleurent et larmes qui ruissellent, formes de désespoir interdites aux hommes d'Occident et propres de la femme.

(2) Victor Hugo: Le sacre de la femme. De l'ange à Dieu in La légende des siècles

BUDAPEST (Kerepesi)

> A mon époux
> pour la vie[3]

Conformément à la loi générale de l'amour qui veut qu'on divinise l'aimée pour se magnifier soi-même, la femme qui pleure le défunt ne peut donner de celui-ci qu'une image flatteuse, et plus grande est l'expression de la douleur, plus grande est estimée la perte, plus intarissables sont les sanglots, plus admirable était celui qui les provoque, plus belle est la pleureuse, plus parfait devait être celui qui l'avait choisie pour compagne.

> A mon époux
> Il était parfait, je l'aimais trop
> Dieu me l'a pris[4]

« Si le malheur de la femme est de représenter tout à un moment et de ne plus rien représenter au moment suivant sans jamais bien savoir quelle chose elle signifie proprement comme femme »[5] elle représente tout au monde lorsque l'homme a besoin d'elle, elle vit « d'une autre vie que la sienne propre », elle vit « spirituellement dans les imaginations qu'elle hante et qu'elle féconde ».[6] « Le bonheur de l'homme: je veux. Le bonheur de la femme: il veut », écrit Nietzche avec cynisme. Toutes les femmes possibles et même impossibles énumérées par le Sar Peladan, mercurienne ou solarienne, jupitérienne ou saturnienne revêtent les formes idéales de l'espoir de l'homme mais la surfemme est la vénusienne qui s'identifie avec celui qu'elle aime et lui fait le bonheur qu'il veut. Indispensable complément des aspirations masculines et assujettie aux lois que l'homme a dictées de son vivant et continue de lui dicter après sa mort, définitivement lavée des quelques soupçons de satanisme qui auraient pu peser sur elle, elle poursuit et achève son rôle de médiatrice universelle à l'instant

MILAN (Monumentale)

---

(3) Cimetière de Sens
(4) Cimetière de Carpentras
(5) Soren Kierkergaard: Le journal du séducteur
(6) Charles Baudelaire: Curiosités esthétiques

MILAN (Monumentale)

fatal qui emporte non seulement son compagnon, incarnation d'un moment de l'histoire, mais aussi tous les siens, parce qu'elle représente « la succession des générations et l'infini de la race ». Alors symbole de l'humanité toute entière, elle prend place dans le calendrier positiviste d'Auguste Comte, sous les traits de Clotilde de Vaux par exemple, où un mois lui est consacré et où quatre fêtes sont dédiées à la mère, la fille, la soeur, l'épouse. « Conductrice de merveille, mythe, idole, muse laurée » [7], la femme qui possède « la fatale beauté des passions dont souffre l'artiste, la femme sublime, expression physique presque absolue de l'idée » [8], la femme « clé de voûte de l'édifice »,[9] « pierre angulaire du monde matériel »[10], « point érotique le plus universel »[11], la femme divine, féérique et spectrale des artistes et des poètes n'a bien souvent joué dans la société qu'un rôle de faire valoir.

« L'homme est à la femme ce que le soleil est à la lune ». Le yang flambeau du jour et le yin flambeau des nuits s'opposent, source de vie et source de maléfices. Confucius comme les Pères de l'Église, comme Freud, a posé la suprématie masculine comme allant de soi en face de l'humiliation féminine. La femme, « cet os surnuméraire » ainsi s'exprimait Bossuet, ne mérite pas d'être un objet de vénération et de respect, déclare Schopenhauer. « L'Orient se moque du culte de la Dame. La Grèce et Rome en auraient ri » et le jardin d'Epicure ajoute que si nous mettons l'infini dans l'amour ce n'est pas la faute des femmes. Après que les ascètes ont prêché contre la vaine glorification de la femme, les poètes ont chanté un amour conforme à la morale classique et leurs écrits ont laissé des traces dans la courtoisie, la galanterie et jusque dans le courant romantique, mais si au dix- huitième siècle les femmes pouvaient prétendre mener le jeu amoureux comme Madame de Merteuil,[12] il semble

BUDAPEST (Kerepesi)
PARIS

(7) Françoise d'Eaubonne
(8) Eugène Delacroix
(9) Goethe
(10) André Breton
(11) Schwaller
(12) Choderlos de Laclos: Les liaisons dangereuses, 1782

MARIA MONTOLI
1884 – 1918

MILAN (Monumentale)

qu'au siècle suivant c'est plutôt l'homme qui choisit et qui fait du mariage bourgeois une sorte de prostitution légale, condamne l'adultère féminin à la prison et met la fille-mère au ban de la société. « la Révolution a exilé, ruiné, décapité les femmes de la classe dominante sans avoir du même coup insufflé aux bourgeoises de la classe montante le sentiment d'être les égales de l'homme. »[13] Comme toutes les dictatures, l'Empire reste essentiellement masculin et perpétue la croyance selon laquelle la fonction immuable de la femme est d'être la servante docile et complaisante de l'espèce humaine. La Restauration n'y changera rien et en 1842 Etienne de Neufville dans la Physiologie de la femme s'indigne contre ceux qui croient que le christianisme a permis l'émancipation des femmes: « Jeunes filles, elles sont parfaitement libres d'aller se cloîtrer dans le pensionnat d'un couvent jusqu'à leur dix-huitième printemps. Libres d'aller à la messe et à la promenade escortées de leur femme de chambre qui ne les quitte pas plus que leur ombre. Et enfin un beau jour libres d'épouser le premier magot titré ou doré, auquel leur père et mère trouveront très raisonnable de les accoupler. Après leur doux hyménée, elles sont plus que jamais libres de suivre un mari maussade, quelquefois même brutal, en Cochinchine si bon lui semble. Libres de lui apporter en sus de leur personne une dot assez rondelette dont elles seront libres également de ne disposer d'aucune sorte, dans le cas même où leur mari ne leur eût apporté que des dettes en échange. Libres, quand elles ont eu l'effronterie de se soustraire à ces jougs pleins de charme, de suivre deux gendarmes qui s'empressent de leur tenir compagnie jusqu'au domicile dit conjugal où elle retrouveront leur charmant époux. En un mot les françaises ont une liberté tellement exorbitante que c'en est effrayant. »

Beaucoup de femmes à la fin du siècle, malgré quelques tentatives de revalorisation à leur endroit restent mal informées et insensibles aux polémiques menées à leur propos, se résignent à n'exister que comme objets érotiques destinés à être mères. Les théoriciens sociaux, et il y a encore parmi eux des exceptions comme l'anti-féministe Proudhon, pour qui la femme restera toujours dans la république d'utopie, « la désolation du juste », met-

MILAN (Monumentale)

(13) Olga Wormser: La femme dans l'histoire

BUDAPEST (Kerepesi)

tent l'accent sur les raisons profondes de la corruption des rapports humains dans le mariage. Or, des drames du couple il n'est évidemment jamais fait la moindre allusion dans les dithyrambiques épitaphes qui constituent le discours ordinaire de la société des morts.

> A ma Paulette sans reproche
> Regrets éternels[14]

Pas plus qu'il n'y est question des ciseaux et des balais. Ces oeuvres de choix qui veulent beaucoup d'amour, disent les hommes, et qui, miracle de l'euphémisme se changent et s'illuminent en vertus domestiques. L'amour dont rêvent les femmes, ce n'est peut-être pas à celles qui s'adonnent aux travaux ennuyeux et faciles ni à l'idéal pot au feu que l'homme le demande, mais en définitive il faut bien que tout rentre dans l'ordre et la couronne de deuil aux intentions émouvantes, telle une auréole de l'amour conjugal occultera toujours les tourments de madame Bovary. Et ces discours réservés, suspects à force de louange, sans doute se raréfient-ils, entre autres raisons qui touchent aussi les hommes, parce que maîtresse toujours davantage de sa liberté et de son autonomie, la femme devenant l'égale de l'homme refuse d'être étouffée par d'interminables et geignardes oraisons qui contredisent son instinct de réalisation personnelle. Le silence aussi mais depuis toujours pour les humiliées et les offensées, instruments de tous les plaisirs et pensionnaires de la Maison Tellier qui après avoir trouvé place dans l'art ou la littérature semblent n'en avoir pas trouvé dans la mort, occultées qu'elles sont dans les dernières demeures de la reconnaissance officielle.

Alfred de Vigny note dans son journal: « Un homme quand il rencontre une femme ne devrait pas lui dire bonjour mais pardon parce qu'il représente le sexe toujours oppresseur et elle le sexe toujours opprimé. La femme

CRÉMONE

(14) Cimetière de Poissy

GÊNES (Staglieno)

condamnée à la non-réalisation et cantonnée dans les fonctions ménagères et reproductrices est « un sujet condamné à se faire objet, un existant enfermé dans l'immanence. »[15]

Dichotomie de l'idéal, dichotomie de la femme épouse et amante, toutes deux complémentaires mais inconciliables.» Une bonne épouse qui doit être une amie, une coadjutrice, une productrice, une mère, un chef de famille, une gouvernante, qui peut-être même doit, indépendamment de l'homme, s'occuper de son affaire et de sa fonction propre, ne peut être en même temps une concubine. Ce serait en règle générale trop lui demander. »[16]

Surestimable sur le plan de l'amour humain pour les troubadours, adorable sur le plan métaphysique pour les idéalistes, le plus souvent et jusqu'à une époque récente, réduite à elle-même, obligée de pratiquer la vertu, d'obéir à l'honneur et aux commandements de Dieu et de l'Église, la femme demeure toujours la femme pour l'homme, femme horizontale soumise à la verticalité de l'homme comme le dessine la croix ansée, recluse entre les quatre murs de la virginité nécessaire, du mariage contraint, de la maternité épuisante et du veuvage sans espoir. Pour certaines d'entre elles, une brèche parfois s'ouvre pour le libertinage élégant ou l'amour passion, voire le suicide, excès désordonné d'une sensiblerie pleurnicharde. Mais ces débordements ne peuvent naître que dans les boudoirs des classes dirigeantes où d'ailleurs la plupart des femmes se complaisent au triple rôle défini par Baudelaire et si bien joué par la statuaire de la fin du dix-neuvième siècle, d'« ange gardien », de « muse », de « madone », qu'il plaît tant à l'homme de lui assigner. Le grand amour romantique s'exalte en aventureuses déclarations de fidélité éternelle que la bourgeoisie d'alors s'empresse de s'approprier au moins en parole tout en les réduisant in petto à la formule: sois charmante et tais-toi. Dans la société impériale, à côté des ménagères éternelles, s'épanouissent pour le plaisir et parfois la ruine de ces dandies cet objet de jouissance et de prestige que l'on croit apercevoir parfois dans le cimetière, se rendant, comme la dame aux Camélias, à quelque mystérieux rendez-vous avec l'amour et avec la mort: la courtisane.

TURIN (Monumentale)

(15) Simone de Beauvoir: Le deuxième sexe
(16) Frédéric Nietzsche: Ainsi parlait Zarathoustra

MILAN (Monumentale)

Cimetière et société: galerie de femmes-objets prisonnières de leur préciosité, musée de femmes-idoles à la sexualité enchaînée, gynécée où la femme, icône ornementale captive des stratégies masculines, sur le piédestal de son salon ou au seuil du futur, ignore superbement les discours de Paul Louis Fourier: « L'extension des privilèges des femmes est le principe général de tous progrès sociaux », les thèses de Flora Tristan et les romans féministes d'Amandine-lucie-Aurore Dupin dite George Sand.

Vertus ascétiques et héroïques, voilà les qualités dont l'on pare la femme après l'avoir contrainte au sacrifice pour faire le jeu des pouvoirs, voilà le « gâchis produit par les idéologies phallocratiques »[17], telle est l'une des images, masculines, de la femme, sculptée par l'homme autant que par l'artiste.

(17) André Breton

GÊNES (Staglieno)

VARSOVIE (Ewang-Augsburski)

AMSTERDAM (Zoyo Vlied)

MILAN (Monumentale)

Sur le lit de la croix

GÊNES (Staglieno)

MILAN (Monumentale)

Des liens obscurs relient le mystique et l'érotique au tragique et à la mort. « l'extase mystique est à la fois un acte de mort et une résurrection. »[1]

« Meurs et deviens », formule par excellence de l'événement mystique qui emprunte ses ravissements à la mort. L'extase mystique est anticipation de la mort et entrée dans le divin, désir brûlant de se débarrasser des liens du corps pour être totalement une âme, pour être complètement en Dieu, pour devenir une âme immortelle. L'homme prend douloureusement conscience de son effrayant destin mortel, dans une nostalgie de purification, dans une catharsis tragique, dans l'orgasme érotique. Connaître le paradis sur la terre, c'est entrevoir le Paradis dans le ciel, c'est approcher dans la douleur et la jouissance, dans le tourment et dans la joie, la mort de l'éphémère et la libération de l'âme immortelle. C'est dans le déclin du corps l'obtention de la rédemption de l'âme, c'est dans la fin même de la vie la promesse de la vie infinie.

Rien d'étonnant donc si les équivalences entre les effusions érotiques et mystiques et leurs troubles rapports avec la mort trouvent, dans des champs de repos soudain agités de secrets soubresauts maintes belles extasiées, les yeux levés au ciel, adossées, renversées, enroulées ou cambrées, dont on croirait percevoir les soupirs dans le silence des après-midi sans cortège. Des nudités liturgiques, à peine gauchies par le ciseau rêveur du sculpteur souvent moins pieux que son sujet, expriment, pâmées au pied du Sauveur impénétrable, la tension de l'attente, l'ascension espérée. Avec une juvénile insistance, ces fiancées du Christ s'accrochent à la croix et de leurs deux bras serrés la tiennent passionnément enlacée en un geste amoureux qui répète le bouleversant désir de Catherine de Sienne: « Je voudrais être chevauchée par le Christ comme une croix. » Dans esprit de pierre résonnent peut-être les paroles qu'entendait Angèle de Foligno, la sainte qui fascina tant Georges Bataille: « Je suis l'Esprit Saint qui entre au-dedans de toi... Ma douce fille, mes délices, mon temple ; ma fille, mon aimée, aime-moi car je t'aime beaucoup plus que tu ne peux m'aimer. Ma fille et mon épouse, je t'aime infiniment, tu portes au doigt

---

(1) Walter Schubart : Religion und Eros.

l'anneau de notre amour et tu es ma fiancée. Je t'aime beaucoup plus que toutes les autres femmes... »

Marie-Madeleine, figure biblique favorite des Décadents parce qu'elle était une pécheresse et qu'elle pourrait être impliquée dans une relation sexuelle avec le Christ, Madeleine possédée des sept démons et possédée de dieu est présente aussi parce que les courtisanes précèdent les sages dans le royaume des Cieux [2] et rappelle en ses multiples incarnations de pierre la petite juive dont Baudelaire écrivait: « Je la lèche en silence avec plus de ferveur que Madeleine en feu les deux pieds du Sauveur ». Madeleine gage de pardon qui, fidèle à sa vocation pleure comme une Madeleine et qui entretient avec la résurrection une relation capitale car c'est devant elle que Jésus a choisi de reparaître et le Noli me tangere qui refuse de répéter la sublime caresse des cheveux sur le pied « c'est l'érotisme même, c'est le plus de jouir indéfiniment reporté. »[4]

L'amour divin, sublimation de l'amour humain, fondamentalement féminin, trouve encore dans la manifestation de la douleur des prétextes à extases d'amour et de mort. Comme la Paulina de Pierre Jean Jouve visitant les églises dans le demi-jour desquelles elle admirait par dessus tout les supplices des Saints, fascinée par Sainte Catherine de Sienne peinte par Sodoma, le collectionneur de poses algolagniques et de saintes femmes en pâmoison, peut découvrir dans le clair obscur des chapelles funéraires ces Saintes Thérèse dans l'espérance de l'ange annonciateur. Ici la trompette du Salut remplace le dard mis dans sa main par le Bernin pour la transverbération de Sainte Thérèse d'Avila dans l'église Madonna della Vittoria à Rome. Quelquefois, un supplicié livre aux regards ses blessures comme des stigmates, c'est Saint Sébastien, Adonis et martyr, athlète déhanché et équivoque victime de sa foi et de l'empereur Dioclétien, qui répond « à l'universalité des fantasmes que, sans se l'avouer, entretiennent fidèles et clergé. Masochisme, voyeurisme, exhibitionnisme alimentent l'érotisme spirituel des croyants. »[5]

(2) Matthieu, XXI, 28
(3) Charles Baudelaire : Poèmes divers, XI
(4) Hervé Gauville : Madeleine en cheveux
(5) Jean-Pierre Joecker in Saint-Sébastien, Adonis et martyr.

LONDRES (Brompton Cemetery)

HAMBOURG (Glsdorf)

MILAN (Monumentale)

Homme ou femme... ou religieuse ont ce regard glauque que l'on retrouve dépeint chez les auteurs décadents qui exploitent la religion pour en tirer des sensations singulières, comme Rémy de Gourmont, comme Jean Lorrain, comme les frères Goncourt dans le journal desquels on peut lire: « C'est une clarté, une lucidité étrange, un regard somnambulique et extatique, quelque chose d'une agonie de bien-heureuse qui contemplerait je ne sais quoi au-delà de la vie. »

Comme les auteurs « forcent la phraséologie mystique jusqu'à des significations lascives » [6], les imagiers érotisent la chasteté de la pierre et les créatures transies tentent de séduire Dieu qui toutes les écoute, ou succombent à sa séduction qui toutes les guérit. « Ceci est le lit de mes chastes épouses où je te ferai consommer les délices de mon amour » annonce Jésus vainqueur à Marguerite Marie [7]. En robes à la néophyte ou à la martyre et belles comme des illusions ces créatures énigmatiques disent assez qu'en cette fin de siècle « le mysticisme est le dernier cri de la névrose. » [8]

Dans la Grèce antique le principal motif des sarcophages représentait le thiase. Cette danse en l'honneur de Dionysos exécutée par les Bacchantes et les Néréides présentait la mort « comme le simple passage de l'âme dans une enveloppe moins rigide où l'on se souvient du corps comme d'un élément de participation aux plaisirs des sens plutôt que pour son poids et sa dignité. » [9]

L'exaltation spirituelle, l'abandon physique, la libération des pesanteurs de l'esprit et du corps, la statuaire funéraire qui aime à donner des ailes, même à ceux et à celles qui ne sont point encore des anges, les a empruntés aux poses scopaïques [10]. Dans une torsion de flamme et d'eau, les voyageuses en partance pour l'au-delà, comme les Néréides de l'art gréco-romain, la chevelure flottant au léger vent de la lévitation, enveloppées des vagues d'un drapé ondoyant, abandonnent le cimetière lieu d'affliction pour les plus hauts cercles de

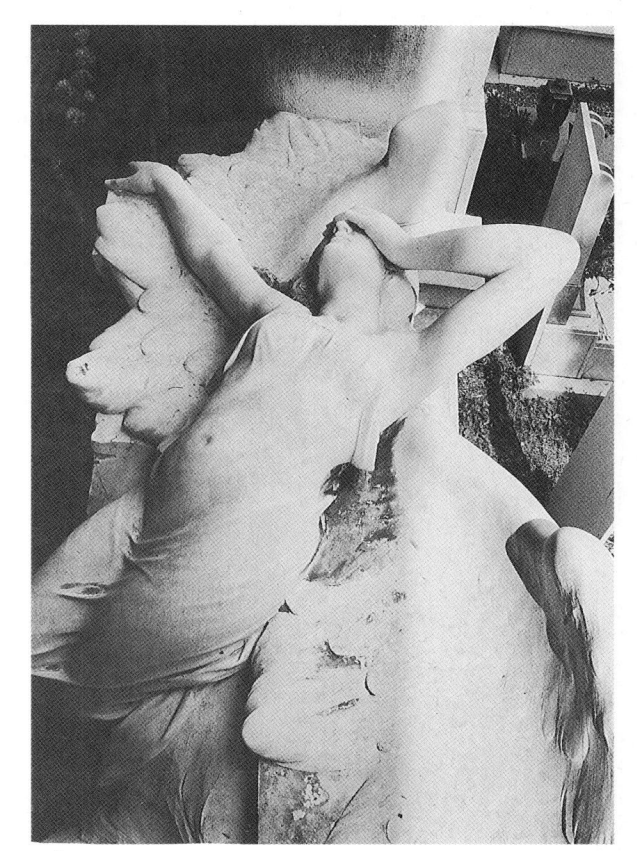

GÊNES (Staglieno)

MILAN (Monumentale)

(6) Mario Praz : La chair, la mort et le diable
(7) in Jean Noël Vuarnet : Extases féminines
(8) Anatole France : Fin de siècle, 20 juin 1891
(9) Kenneth Clark : Le nu
(10) Scopas : Sculpteur grec du 3ème siècle avant Jésus-Christ, auteur des bas-reliefs du mausolée d'Halicarnasse.

GÊNES (Staglieno)    MILAN (Monumentale)    MILAN (Monumentale)

140

la béatitude. Mouvement merveilleux d'une irrésistible douceur qui soulève le couvercle du tombeau dont l'élue s'échappe comme une vaporeuse entité. Extase aérienne, fille des étreintes nuageuses de l'Io du Corrège et du Christ ressuscité de Michel Ange, soeur de l'Apollon et de la Daphné du Bernin. Arrières-petites-filles de Donatello, des fillettes impubères et balthusiennes sautillent sur place, impatientes de se joindre à la grande farandole céleste.

De la danse sensuelle de Carpeaux sur la façade de l'Opéra de Paris aux vagues montantes des loges de Staglieno à Gênes, du motif décoratif et voluptueux à la métamorphose du passage entre deux mondes, l'envol extatique, ascension du corps dans les régions du plaisir est aussi une ascension de l'âme, un symbole de la résurrection.

GÊNES (Staglieno)

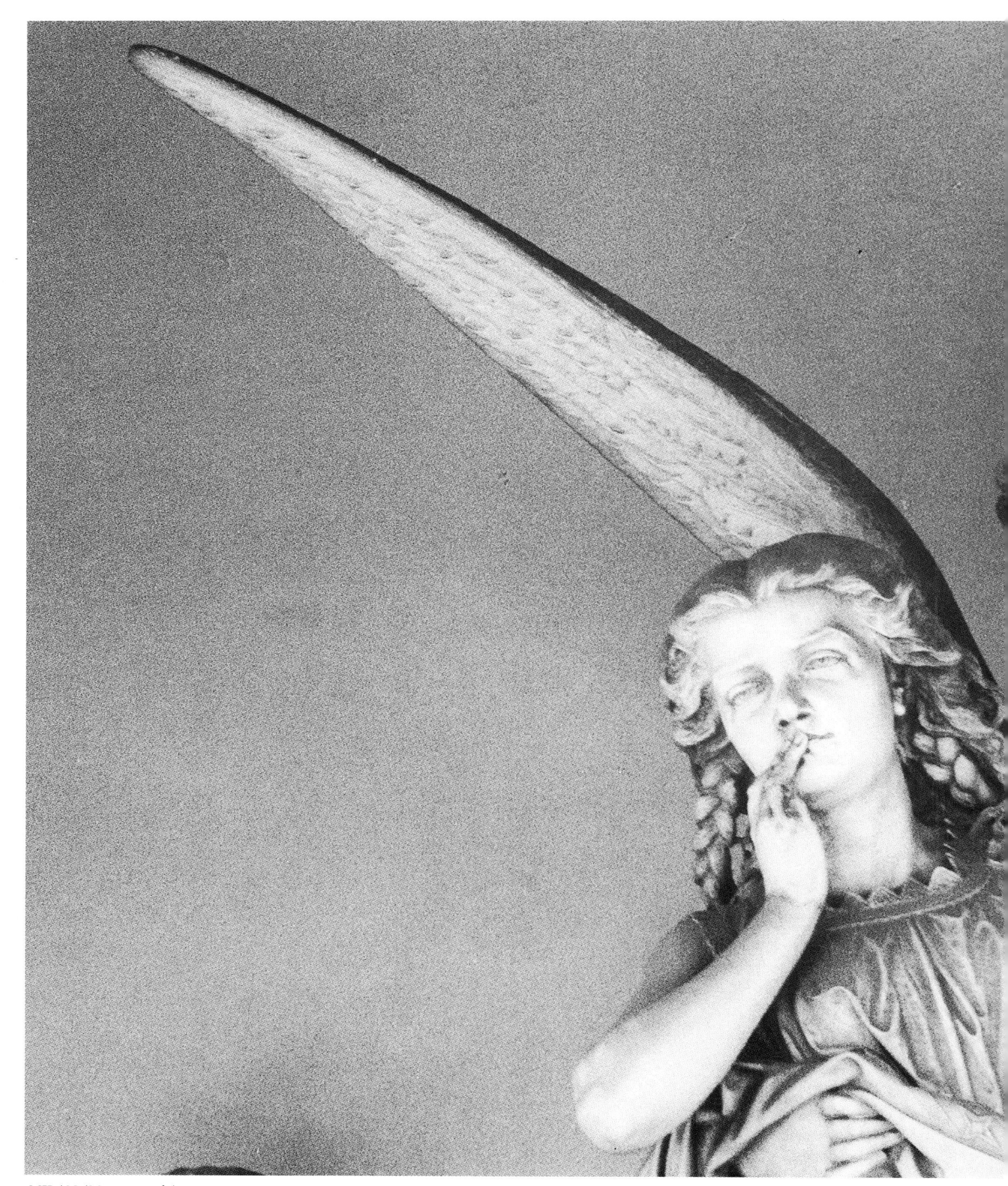

MILAN (Monumentale)

De l'angéologie ou du sexe des anges

VIENNE (Zentral)   MODÈNE

Alors que Saint François était en contemplation, Jésus lui envoya un ange sous la forme d'un homme qui sur le bras gauche tenait une vièle et dans la main droite un archet d'or et qui s'approchant du saint, esquissa un coup d'archet sur l'instrument. Saint François s'étendit avec toutes les apparences de la mort, puis, revenu à lui longtemps après le départ de l'ange, il raconta la scène à ses compagnons et commenta: « S'il avait donné un autre coup d'archet, mon âme aurait quitté mon corps, si grande était la douceur, la suavité et la mélodie de ce son ». Il ajouta: « Qui veut encore vivre en ce monde, qui ne désire mourir promptement pour aller au Paradis écouter musique et chant ? »[1]

Déjà l'imaginaire avait créé des puissances surnaturelles et ailées qui ravissaient les mortels pour s'unir à eux ou les mettre à mort. Sur les dalles du Moyen-Age, saints, anges, allégories, s'approchent en volant, assistent à la fin, pénible ou apaisée par leur présence, de la vie, soulèvent l'enveloppe encore charnelle de l'âme, l'emmènent au ciel où ils lui souhaitent la bienvenue parmi les bienheureux. A la frontière entre le connu et l'inconnu, les ténèbres et la lumière, plus souvent charmeurs qu'inexorables, ils se postent parfois aux portes symboliques des tombeaux pour en interdire l'accès à ceux dont l'heure n'est pas encore venue et qui, dans leur chagrin seraient tentés de rejoindre l'aimé perdu. Emblème de la créature dans laquelle « apparaît déjà réalisée la transformation du visible en invisible que nous accomplissons »[2] où l'on croit voir

« ... unies par un nouveau dessin
les hanches de l'Antiope au buste d'un imberbe
tant sa taille faisait ressortir son bassin. »[3]

Cet idéal androgyne, fort et gracieux, contemplatif et voluptueux est « le sexe artistique par excellence », pour la mystique catholique de Joséphin Peladan: « Sexe initial, sexe définitif, absolu de l'amour, absolu de la forme, sexe qui nie le sexe, sexe d'éternité ! »[4] Cet

(1) in Alberto Tenenti: Sens de la mort et amour de la vie
(2) Rainer Maria Rilke
(3) Charles Baudelaire: les bijoux VI Pièces condamnées
(4) Josephin Peladan: l'Androgyne, 1891

être incertain, ce Monsieur Venus ⁽⁵⁾, fils d'Hermès et d'Aphrodite est « un composé des monstruosités les plus charmantes ; sur la poitrine potelée et pleine de l'éphèbe, s'arrondit avec une grâce étrange, la gorge d'une jeune vierge. »⁽⁶⁾ L'ange des primitifs et des préraphaélites, reflet des attirances malsaines de la décadence, monstre charmant à la multiple et énigmatique beauté, subit lentement, image par image, une irréversible mutation qui non seulement lui fait pousser des ailes d'une majestueuse envergure, mais encore dessine peu à peu sous les voiles de l'éphèbe des appats peu équivoques. « La silhouette de l'ange nous introduit à cette troublante rencontre de la mort et de la beauté, de la mort et de la volupté dont cette sensibilité fin de siècle raffole. »⁽⁷⁾

(5) Titre d'un roman de Marguerite Eymeri dite Rachilde 1884
(6) Théophile Gautier : Mademoiselle de Maupin
(7) Michel Vovelle et Regis Bertand : La ville des morts

GÊNES (Staglieno)

NAPLES (Monumentale)

GENÈVE (Cimetière des Rois) MILAN (Monumentale)

VARSOVIE (Ewang-Augsburski) HEIDELBERG

GÊNES (Staglieno)   CRÉMONE   MILAN (Monumentale)

147

ROME (Verano)   PIACENZA

Dès lors l'ambiguité n'est plus tant dans le sexe des anges que dans l'angélisation progressive de la femme qui s'abandonne sans murmure à la douceur des baisers de papillon et des enlacements saphiques. Intercesseurs et avocats ont pris des formes aimables, accortes hôtesses du Paradis qui viennent guider les âmes jusqu'à la cour céleste. Ces tendres estafettes de l'au-delà chuchotent avec persuasion à l'oreille des jeunes mortes sur lesquelles elles se penchent, les paroles apaisantes qui vont les éveiller à la vraie vie.

Quelques réticences, de loin en loin, signes d'une appréhension en face du grand mystère et d'une incertitude quant à l'autre vie, obligent la mort elle-même, squelette encapuchonné qu'on ne peut fléchir, à étourdir dans une dernière valse la femme révoltée. L'ange charme, la mort viole.

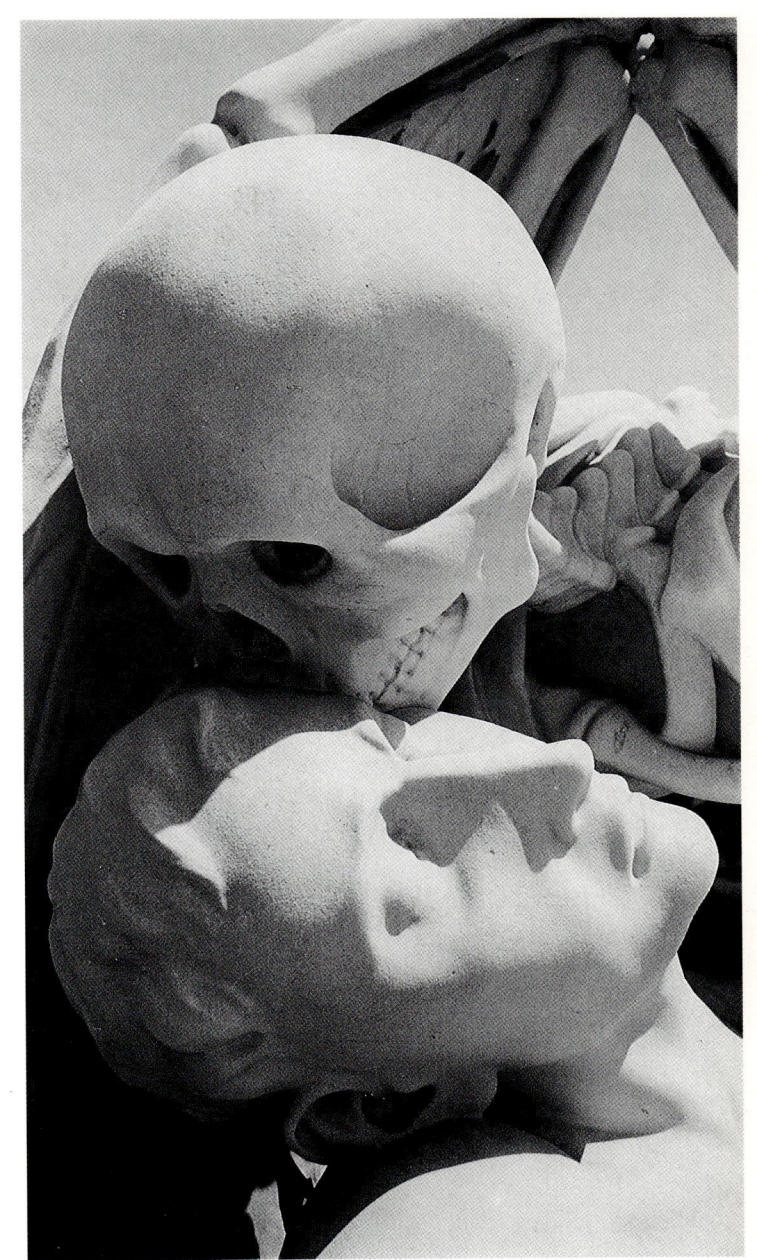

BARCELONE (de l'Est)

CRÉMONE

Quelques larmes d'amour pour ceux qui ne sont plus

BARCELONE (de l'Est)
NICE (Château)

Lieu par excellence du pathos, le cimetière occidental l'est d'abord pour la présence prépondérante de son symbole le plus efficace: le Christ sur la croix, l'image archétypique du nu vaincu par la douleur, et ses satellites inévitables, les deux autres volets du tryptique: Pietà et mise au tombeau. Le corps « devenu moyen d'expression rituel du divin »[1] trouve, nulle part davantage que dans le cimetière, l'occasion d'exprimer à la fois par la nudité ou la quasi nudité, par les tensions et les torsions les plus dramatiques, le désespoir de l'être humain devant la mort de l'autre. C'est un dos qui se voûte qu'on voudrait caresser, une larme qui coule et qu'on voudrait sécher. Une victime bouleversante aux poses savamment calculées qui, chancelante, pliée, effondrée, image typiquement romantique, appelle la commisération comme le bronze appelle la main.

Fragments naufragés du radeau de la Méduse de Géricault échoués dans le champ du repos sous le flux d'une vague sentimentale, les mourants terrassés, les morts gisants, les vivants prostrés, toute pudeur abandonnée dans leur nudité révélatrice, excitent la pitié des coeurs dans le même temps qu'ils aiguillonnent le trouble des sens. Témoin cette oeuvre de Da Verona, l'une des plus belles mortes de cette collection. Le corps admirable abandonné, un bouquet de roses au creux de l'aisselle, sous l'arche d'une galerie du cimetière de Staglieno, confond pâmoison de l'orgasme et anéantissement de la mort. « A celle qui est trop gaie » tel pourrait être sans doute le titre de cette oeuvre dont on nous affirme qu'elle fut inspirée par la sculpture d'Auguste Clesinger, scandaleuse en son temps: « Femme mordue par un serpent ». Or le modèle en était Apolline Sabatier, la Présidente, maîtresse, entre autres, du sculpteur lui-même, de Théophile Gautier et sans doute de Baudelaire qui lui adressa une correspondance enflammée et lui dédia ces vers:

(1) Kenneth Clark: Le nu

VIENNE (Zentral)

BUDAPEST (Kerepesi)

153

MILAN (Monumentale)

MILAN (Monumentale)

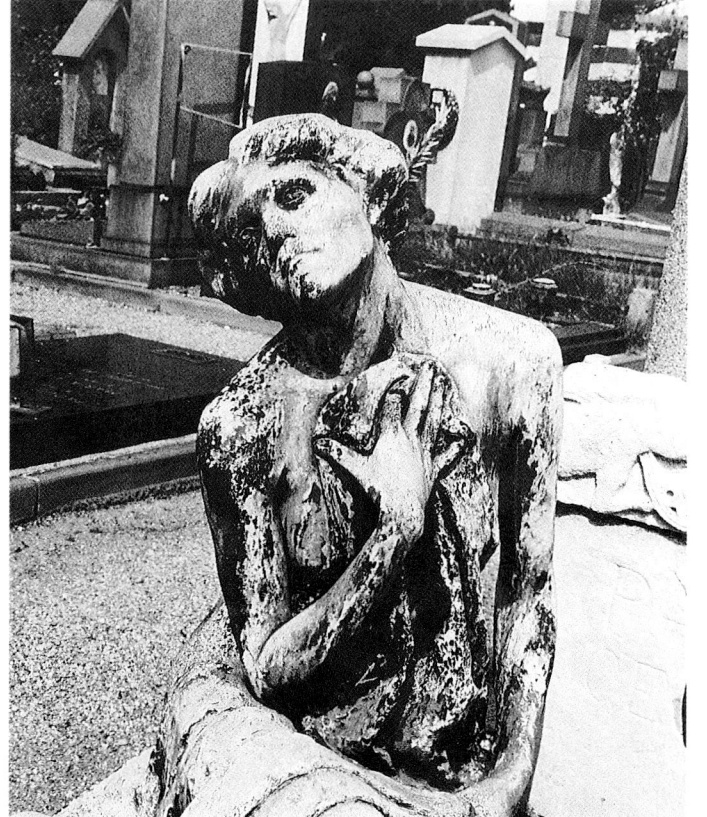

LONDRES (Hampstead)

MILAN (Monumentale)

BARCELONE (du Sud Ouest)

MILAN (Monumentale)   LONDRES (Pritney Vale)

ROME (Verano)

MILAN (Monumentale)   GÊNES (Staglieno)

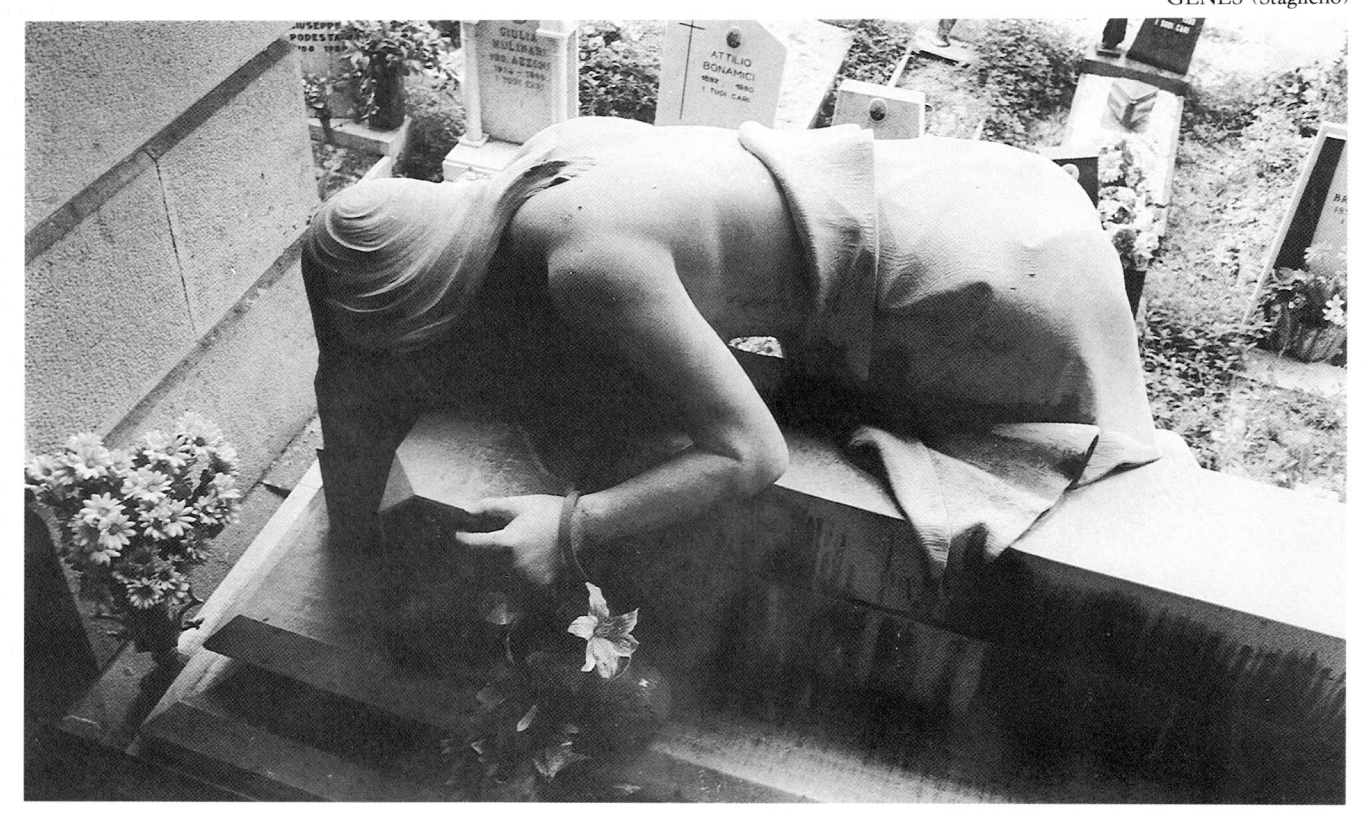

158

« Ainsi je voudrais, une nuit
Quand l'heure des voluptés sonne,
Vers les trésors de ta personne,
Comme un lâche ramper sans bruit
Pour châtier ta chair joyeuse
Pour meurtrir ton sein pardonné,
Et faire à ton flanc étonné
Une blessure large et creuse,

Folle dont je suis affolé
Je te hais autant que je t'aime ! »(2)

Pour ceux qui restent, la tombe fétiche qui enchâsse le mort, se substitue à lui, le retient de toute la force de l'imaginaire et de toute la force des créatures qui désespérément en des gestes passionnés et amoureux se couchent sur le tombeau de marbre, sur le cercueil de pierre, l'enlacent, l'embrassent comme le corps d'un amant, perpétuant ainsi le souvenir de caresses inoubliables. Il importe de nier le contenant pour atteindre à travers lui le contenu irrévocablement perdu, d'abolir le temps pour étreindre le passé à travers des boîtes multipliées à seules fins de cacher ce qui n'est plus dans l'espoir de mieux suggérer sa présence. Il faut lutter à tout prix contre ce désolant « Un seul être vous manque et tout est dépeuplé. »(3)

Après la scène vécue du baiser au cercueil dans les Mémoires de la famille de la Ferronays: « Alexandrine est descendue dans la fosse qui n'est pas très profonde afin de toucher et de baiser une dernière fois le cercueil où est renfermé tout ce qu'elle a aimé »(4), la statuaire éternise cet ultime moment de proximité physique qui n'est pas sans rapport avec les fantasmes qui à la fin du dix-huitième siècle, faisant fi des interdits sexuels, accouplaient les morts et les vivants dans les écrits de Sade et de quelques autres exilés dans l'Enfer de la Bibliothèque Nationale. Ce refus de la séparation c'est aussi le refus de la disparition absolue

COPENHAGUE (Solbjeng Kirkegard)

VIENNE (Zentral)

(2) Charles Baudelaire: A celle qui est trop gaie. Pièces condamnées V
(3) Alphonse de Lamartine: L'Isolement
(4) in Philippe Ariès: L'Homme devant la mort

d'une conscience. Le silence et l'absence sont peut-être le fait d'un mode d'exister différent, non d'un anéantissement, et tenir le disparu pour anéanti serait l'anéantir proteste Gabriel Marcel.

> Only « good night » beloved
> not « farewell » [5]

Ce déni d'une mort insupportable et intolérable se conjugue avec l'importance grandissante du phénomène du deuil qui au milieu du dix-neuvième siècle prend les allures d'une mode dans les classes bourgeoises. Prétextes à l'apparat, les douleurs véritables s'y confondent parfois avec l'art du spectacle.

« Elle vend aux passants ses larmes mercenaires
Comme d'autres l'encens et l'odeur de baisers
L'amour ne brûle plus dans ses yeux apaisés
Et sa robe a le pli rigide de suaires.

Vers le soir, quand décroît l'odeur des ancolies
Et quand la luciole illumine les prés,
Elle s'étend parmi les morts qu'elle a pleurés,
Parmi les rois sanglots et les vierges pâlies.

Sous les cyprès qui semblent des flambeaux éteints
Elle vient partager leur couche désirable,
Et l'ombre sans regrets des sépulcres l'accable
De sanglots oubliés et de désirs atteints.

Elle y vient prolonger son rêve solitaire
Ivre de vénustés et de vagues chaleurs,
Et sentir, le visage enfiévré par les fleurs,
D'anciennes voluptés sommeiller dans la terre. » [6]

TURIN (Monumentale)

(5) Edimbourg: Newington Cemetery
(6) Renée Vivien: La pleureuse, in Cendres et poussières

L'art des obsèques et les pompes funèbres, ostentatoires, sont complétés dans l'intimité par de plus discrets rites fétichistes. Le cheveu par exemple se charge de toutes sortes de significations symboliques. « La veuve faisait exécuter en cheveux le portrait du défunt. Le veuf portait au doigt un anneau fait de tresses, ou des démêlures de l'éternelle déplorée. »[7] La purgation de la passion et la purgation de la peine -on se sent toujours vaguement coupable lorsqu'un proche disparaît- ne trouvent d'apaisement qu'à l'idée qu'un jour, dans l'ailleurs on se retrouvera.

> J'attends dès à présent ce repos sans réveil
> Pour être près de toi, ô mon doux bien aimé !
> Et quand nous aurons tous passé sur cette terre
> Que nos cendres mêlées dans cette immensité
> S'envoleront au loin dans un profond mystère
> Nos âmes s'uniront toute l'éternité.
>
> Nous étions nous deux
> Bonheur complet inoubliable
> Le ciel me l'a prise
> Immense douleur, inconsolable
> Dieu veuille m'accorder de la rejoindre
> Que nous soyons encore nous deux.[8]

MODÈNE

VENISE (San Michele)

(7) Florent Fels: Éros ou l'amour peintre.
(8) Cimetière d'Orléans

Donner une forme pure à la volupté

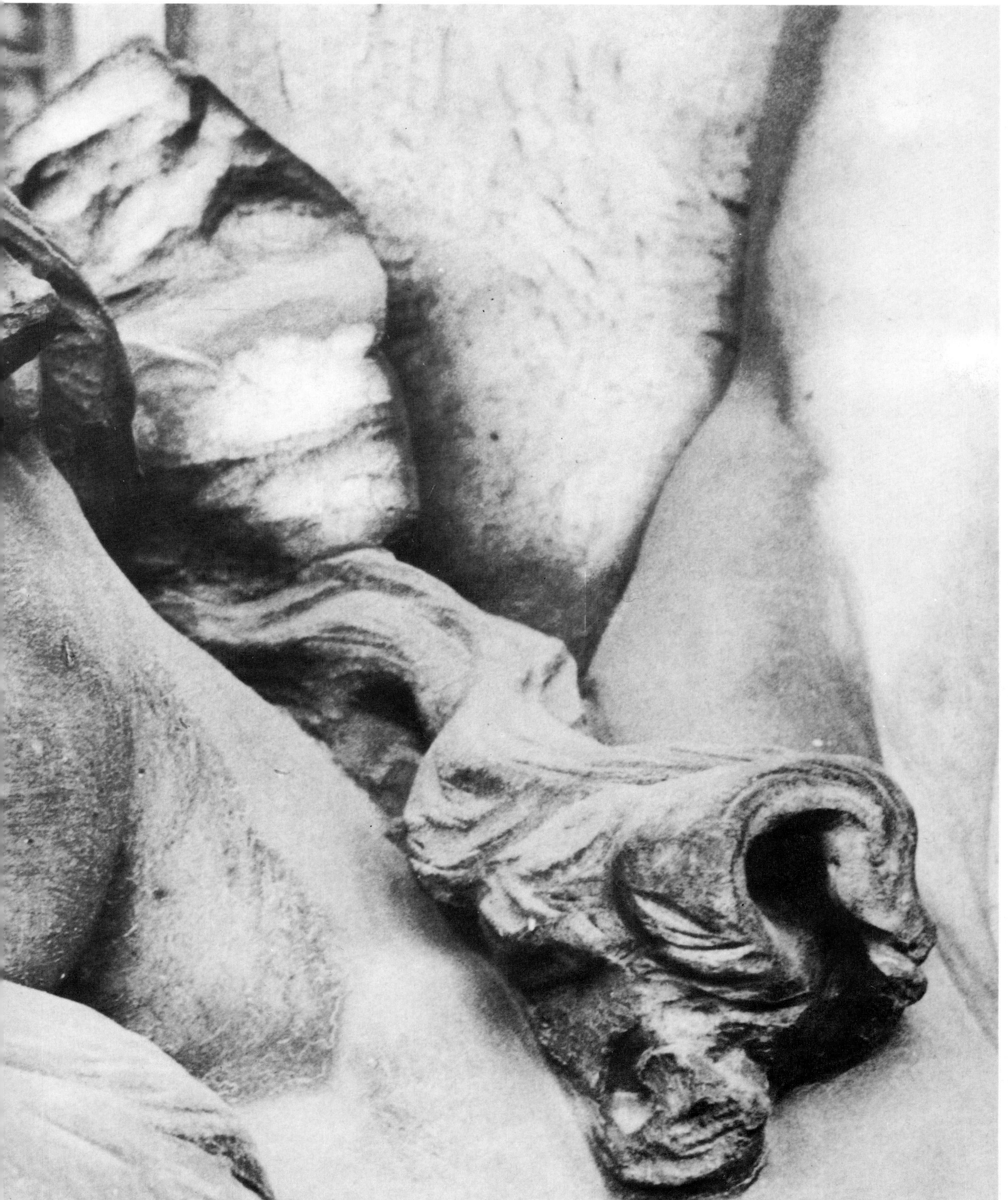

TURIN (Monumentale)

Au-delà des conventions, les artistes sont en quête des sources cachées de la vie. Au siècle dernier Frédéric Nietzsche devient le porte-parole de la nouvelle métaphysique des artistes: « Seul l'art peut nous sauver ».

L'activité de l'art est liée à celle du sexe et l'oeuvre d'art est la réalisation imaginaire du désir. Les secrètes inhibitions, les intimes obsessions, les troubles inavoués sont les ferments d'un art libératoire, moyen selon Freud d'appeler l'inconscient à la conscience. L'artiste est « son propre thaumaturge et l'oeuvre son auto-psychanalyse, sa délivrance. »[1] Le monde post-freudien a appris que l'image figure le sens caché des choses et que les correspondances entre l'art et l'érotique, qui se prolongent dans le regard du spectateur, mettent à jour les fantasmes qu'il porte inconsciemment en lui. L'aspiration profonde des artistes rejoint les rêveries de l'homme ordinaire et sublimise la libido en des oeuvres qui, pour ne pas systématiquement représenter une activité sexuelle, n'en sont pas moins souvent chargées d'érotisme.

La statuaire funéraire, précisément, combine en un amalgame subtil les émotions de l'artiste et celle de ses commanditaires, toutes liées au-delà de la personnalité de chacun à un imaginaire collectif et à un contexte historique parfois susceptibles d'en limiter les équivalents plastiques et décoratifs. « Le symbolisme est l'expression des émotions et des pensées humaines par des correspondants esthétiques. »[2] Dans le cimetière idéal l'imagination des artistes invente une sorte de paradis artificiel, frère du paradis terrestre, dans lequel les sculpteurs tentent de remplacer la triste réalité du monde environnant, celle de la mort, du cadavre, de la décomposition, par un effet d'arrêt du temps, d'éternelle jeunesse et d'incorruptible beauté. Certes toute licence n'est pas permise dans les régions de la mort et si le Romantisme eut une influence profonde sur les réprésentations érotiques, suggérant que les artistes pouvaient exprimer à travers tous les prétextes possibles des désirs autrement rarement dévoilés, l'exhibitionnisme sexuel s'est donné davantage libre cours dans les salons artistiques, en des sujets exotiques et lointains, que dans les monuments édifiants destinés à perpétuer le souvenir

(1) Lo Duca: Érotique de l'art
(2) Maurice Denis: Théories

MILAN (Monumentale)

COPENHAGUE (Vester Kirkegard)  FLORENCE (Porte Sante)

SALZBOURG (Saint-Pierre) DRESDE

d'exemplaires disparus. Nonobstant, le culte des morts n'exclut pas dans le cimetière la présence de la femme sculptée, bien au contraire, elle l'y impose dans toute sa beauté allégorique, dans tout le charme trouble de son deuil, de son chagrin de ses effusions. Or la beauté et l'oeuvre d'art contiennent une excitation puissante et peuvent déclencher un désir presque charnel. Depuis Platon, on sait que « l'oeuvre d'art exerce une influence hypnotique, suggestive. »[3]

Malgré quelques récents prémices de changement dont rend compte notamment la publicité contemporaine, l'expression du désir n'est pas hétérosexuelle mais presque toujours masculine et provoquée par les attraits féminins.[4] En Occident le corps féminin est plus souvent représenté nu que le corps masculin et bien davantage soumis et offert aux récréations du désir masculin. Le terme même d'art érotique implique, en une convention profondément enracinée l'érotisme pour les hommes et à la fin du siècle dernier ainsi encore qu'au début du vingtième siècle il n'existait pas d'art créé pour les désirs érotiques des femmes qui ont toujours servi de modèle à la création d'images faites par des hommes pour le plaisir des hommes. « L'art occidental est le reflet en cette période, du manque pour la femme de tout territoire érotique qui lui soit propre. »[5] L'homme contrôle à la fois le sexe et l'art et conditionne le monde de l'imaginaire. Le mythe de Pygmalion, sculpteur légendaire épris de son propre ouvrage, exprime la notion de l'artiste créateur sexuellement dominant, façonnant à partir de la matière inerte une femme idéale créée à la mesure de ses désirs, désirs troubles qui prennent parfois pour objet, y compris dans l'enceinte du cimetière, les fillettes impubères et les adolescentes trop émouvantes. Dans La cruche cassée, Le miroir brisé et L'oiseau mort, oeuvres dans lesquelles il met en scène des adolescentes aux vêtements défaits, Greuze fait allusion à la perte de la virginité. Sans doute innocente, on retrouve la fillette pleurant son oiseau mort, assise sur un tombeau du cimetière des Porte Sante de Florence.

Divinisée ou non l'image de la femme est presque toujours marquée par la soumission et la passivité, opposées à la possession et à la

(3) Étienne Souriau: La couronne d'herbe
(4) Lo duca: Érotique de l'art
(5) Linda Nochlin: Woman as sex object

INNSBRÜCK

LUGANO

MILAN (Monumentale) FLORENCE (Porte Sante)

168

domination des hommes dont quelques rares figures équivoques peuvent confondre et suggérer l'amitié et l'homosexualité. La « fatalité érotique » [6], inséparable de l'époque, qu'on retrouve des bijoux de Lalique ou des céramiques de Gallée aux monuments funéraires des grandes nécropoles, en arabesques de fleurs rares ou en spasmes d'agonie, cette impulsion mystérieuse qui fait de l'art « la forme pure de la volupté » [7], est avec le puritanisme l'une des formes de l'obsession sexuelle. Huysmans commentant l'oeuvre de Félicien Rops écrit: « Au fond il n'y a de réellement obscènes que les gens chastes. Tout le monde sait en effet que la continence engendre des pensées libertines affreuses, que l'homme non chrétien et par conséquent involontairement pur se surchauffe dans la solitude surtout, et s'exalte et divague... il est donc vraisemblable que l'artiste est pour une raison ou pour une autre un homme chaste... C'est alors qu'apparaît ce phénomène bizarre d'une âme qui se suggère, sans désirs corporels, des visions lubriques. Impurs ou non, les artistes, dont les nerfs sont élimés jusqu'à se rompre, ont plus que tous les autres, constamment subi les insupportables tracas de la luxure... Je parle exclusivement de l'esprit de luxure, des idées érotiques isolées sans correspondance matérielle sans besoin d'une suite animale qui les apaise. » [8]

(6) Pierre Cabanne: Psychologie de l'art érotique
(7) Joséphine Péladan: Art idéaliste et mystique
(8) Joris-Karl Huysmans: Certains

BUDAPEST (Kerepesi)

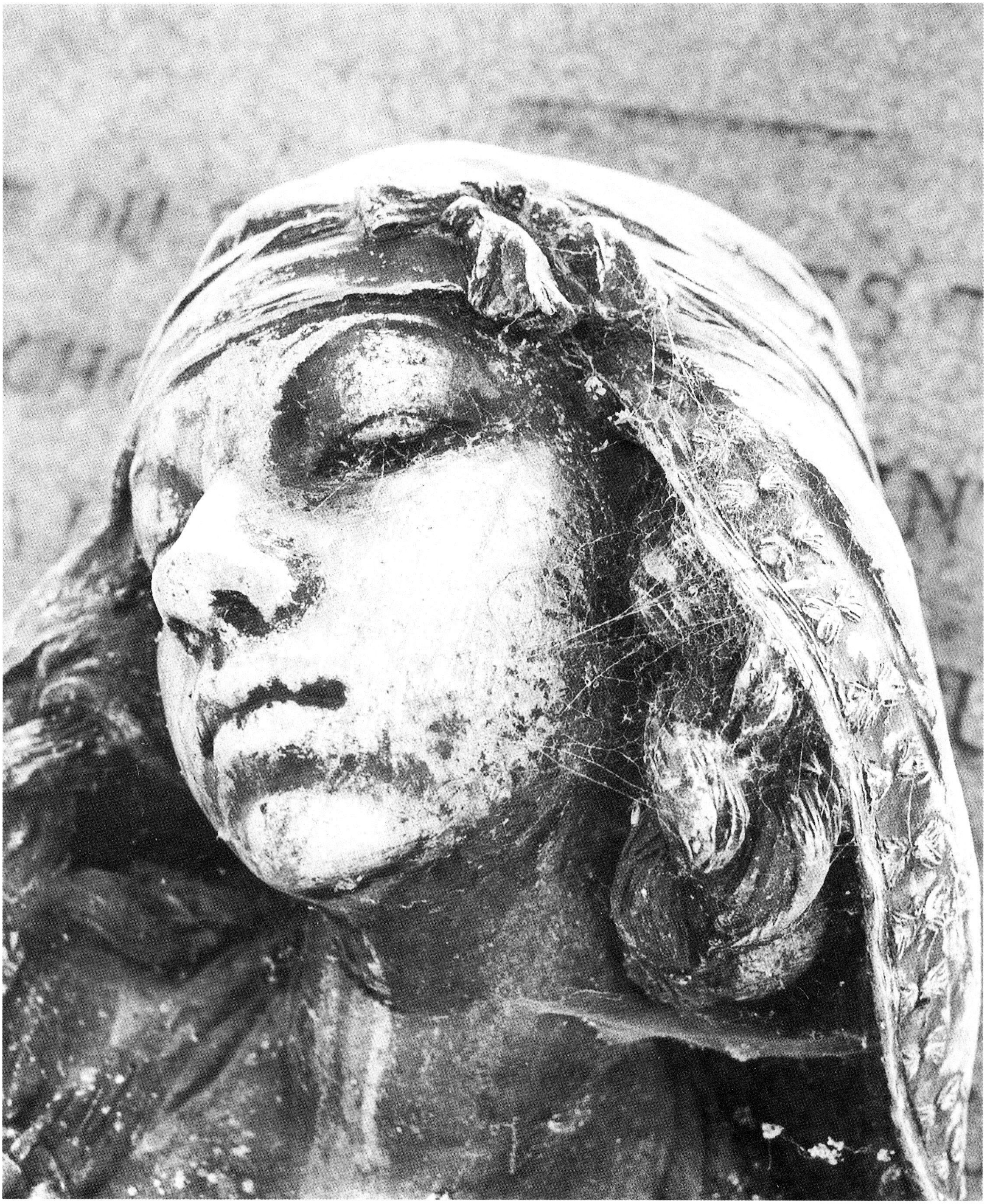

En créant jusqu'au coeur de la symbolique funéraire quelques oeuvres qui heurtent les idées conventionnelles, en se définissant plus subtilement dans l'approfondissement de ses fantasmes, l'artiste a rapproché ce que Salvador Dali appelait simplement les grandes constantes de la vie humaine: la sexualité et la mort. « Le subconscient a un langage symbolique qui est vraiment un langage universel car il parle avec le vocabulaire des grandes constantes vitales, l'instinct sexuel, le sentiment de la mort, la notion physique de l'énigme de l'espace, qui ont un écho universel chez l'être humain. » Sculpter la beauté pour la perpétuer, exalter la sensualité qui s'en dégage, c'est plus ou moins consciemment refuser le non sens de la mort, c'est tenter au moyen de l'art de mettre la mort en échec. « C'est riposter à Thanatos par Éros ». [9]

« Pour arracher la morte aussi belle qu'un ange
Aux atroces baisers du ver
Je la fis embaumer dans une boîte étrange
La morte en son cercueil transparent et splendide
Narguant la putréfaction
Dort, intacte et sereine, amoureuse et candide... » [10]

MILAN (Monumentale)

MILAN (Monumentale)

(9) Michel Dansel: Les cimetières de Paris
(10) Maurice Rollinat: La morte embaumée. (dédié au sculpteur Joseph Carriès)

VENISE (San Michele)

Belle comme un rêve de pierre

MILAN (Monumentale)

ZURICH (Sihfeld)

La Renaissance avait privilégié le corps humain et l'avait défini comme l'instrument de l'âme, grâce auquel celle-ci accomplit ses opérations terrestres. Très naturellement on en déduisait avec Marsile Ficin maître à penser des platoniciens florentins que dans une belle enveloppe charnelle habite une belle âme et réciproquement. « La recherche de la beauté dans le corps n'est rien d'autre qu'une recherche de Dieu parce que l'appétit du beau, qui est le plus souvent désir de vertu, provient de Dieu et retourne à lui à travers les beautés terrestres. Et comme en outre, ce qu'opère la belle âme doit être à proportion de sa beauté, il nous faut bien imaginer qu'elle opérera bien mieux si le corps qui lui sert d'instrument est beau et bien agencé, qu'elle ne le ferait avec un instrument de moindre beauté et perfection. »[1] L'auteur lit dans l'insatiable désir masculin de contempler l'autre sexe l'assurance qu'au Paradis il en sera de même pour la contemplation de Dieu qui ne peut être que béatitude continuelle. L'amour, qui est à la fois charnel et spirituel, trouve dans la Laure de Pétrarque la Dame dont la beauté a pour modèle les beautés du ciel, la Dame dont lui vient toute amoureuse pensée et qui le mène au plus haut bien tant qu'il la suit.

« Gente dame, je vois
Quand vous tournez vos yeux, douce lumière
Qui me montre la voie menant au ciel. »

et elle lui répond :

« Je puis paraître ainsi, et la même serai
Plus belle que jamais, plus chère à toi...
Faisant en même temps ton salut et le mien. »

Ce mythe de la beauté salvatrice, de l'amour rédempteur, même s'il ne parvint jamais à satisfaire les exigences de l'orthodoxie chrétienne, incapable qu'il était de faire coexister et encore moins de fondre en un seul l'amour terrestre et l'amour spirituel, c'est Michel Ange qui l'affirme, n'en demeura pas moins enfoui dans la sensibilité collective et fut exhumé à maintes reprises par les poètes et par les artistes. Les beautés « par delà le bien et le mal »,

---

(1) Firenzuola in Alberto Tenenti : Sens de la mort et amour de la vie.

GÊNES (Staglieno) VIENNE (Zentral)

175

MILAN (Monumentale)

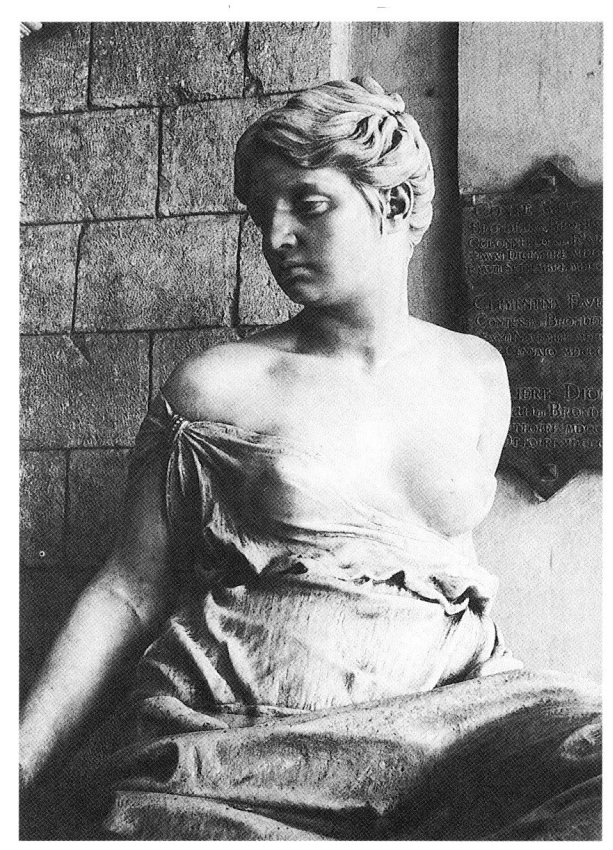

TURIN (Monumentale)

LAEKEN (Belgique)

COPENHAGUE (Frederiksberg)

176

VIENNE (Döbling)

VIENNE (Zentral)

PRAGUE (Narindny)

les nymphes et les grâces nées dans les corolles de marbre et les bouquets de pierre semblent affirmer « la croyance en la rédemption de l'humanité par la beauté ». [2] Elles dressent devant la mort l'obstacle de la beauté.

Dans L'homme qui aimait les femmes, film de François Truffaut datant de 1977, le héros artiste peintre amoureux fou de la beauté féminine « voit » après sa mort accidentelle provoquée dans la rue par son admirative manie, toutes les femmes qu'il a désirées et aimées, assister à ses funérailles en un insolite cortège funèbre de jolies jambes. C'est la réponse au même voeu macabre qu'exprimait Robert Desnos en 1925 dans Muraille de Chine: « O femmes aimées, vous que je connais, vous que j'ai connues, toi blonde flamboyante dont je poursuis le rêve depuis deux ans, toi brune couverte de fourrures sacrées. Je vous convie toutes à mon enterrement. » Hommage inhabituel des femmes-pour-l'homme au culte qu'un homme leur vouait, manière d'acceptation de l'aphorisme de Jouffroy: « La laideur est un crime chez les femmes parce que c'est leur devoir d'être belles », auquel enchérit Baudelaire: « La femme est bien dans son droit et même elle accomplit une espèce de devoir en s'appliquant à paraître magique et surnaturelle. »

Dans cette vallée de larmes, la beauté commence en effet le pays divin de l'âme immortelle et « contre tous les pieux discours de l'idéologie moderne dans lesquels la féminité apparaît comme une totalité abstraite vide de toute réalité qui lui appartienne en propre, surenchérit Jean Baudrillard [3], il faut refaire un éloge de l'objet sexuel en ce que celui-ci retrouve dans la sophistication des apparences, quelque chose du défi à l'ordre du monde. » Dans son fameux éloge du maquillage Baudelaire écrit: « Qui ne voit que l'usage de la poudre de riz... rapproche immédiatement l'être humain de la statue c'est à dire d'un être divin et supérieur ? » Jusque dans la mort la femme, lorsqu'elle possède encore le pouvoir et la force, a la préoccupation d'être belle pour répondre à la double exigence: « Laisser une belle image de soi et à travers cette belle image jouer un rôle de médiation entre la vie et la mort dans une perspective de réconciliation entre les survivants et les morts. » [4]

---

(2) Isolde Ohlbaum: Denn alle lust will ewigkeit
(3) Jean Baudrillard: De la séduction
(4) Hélène Reboul: La femme, la vieillesse et la mort

Le rapport au corps mortel n'est d'ailleurs pas le même pour l'homme et pour la femme: « Vieillir n'a pas le même sens et l'homme supporte mal de voir s'inscrire les marques de la mort sur le corps de la femme. Ce corps doit rester lisse, immuable, éternel. »[5] Ainsi se perpétue-t-il au cimetière dans le poli des bronzes, la pérennité des marbres et l'éternité possible de la concession perpétuelle. Si la mort s'oppose à la beauté et décompose l'intégrité physique de la femme, « la mort d'une jolie femme est sans aucun doute le thème le plus poétique du monde » assure Edgar Poe et le thème du plaisir procuré par les objets tragiques mêle « des voluptés à la mort. »[6]

« Une femme ; Ainsi donc ce reste avait été
Une femme, peut-être un trésor de beauté !
Ces os spongieux durs et lisses
Avaient frémi d'amour, chose étrange à penser
Quelqu'un peut-être avait même à les enlacer
Senti d'ineffables délices. »[7]

Le beau et le triste allant de compagnie sentent déjà l'alliance de la pulsion de vie et de la pulsion de mort que vaguement Baudelaire entrevoit dans un visage de femme: « C'est quelque chose d'ardent et de triste... une tête séduisante et belle, une tête de femme veux-je dire, une tête qui fait rêver à la fois, mais d'une manière confuse, de volupté et de tristesse, qui comporte une idée de mélancolie, de lassitude, même de satiété, soit une idée contraire, c'est à dire une ardeur, un désir de vivre, associés avec une amertume refluante, comme venant de privation et de désespérance. »[8] Les romantiques et leurs héritiers pour qui « la mort et la beauté sont deux choses profondes »[9], pour qui « la débauche et la mort sont deux aimables filles », pour qui « l'amoureux pantelant incliné sur sa belle a l'air d'un moribond caressant son tombeau »[10], fascinés par les

COPENHAGUE (Vester Kirkegard)

(5) Ruth Menahem: Angoisse de mort et différence de sexe
(6) Chateaubriand: René
(7) Edouard Pailleron: Le squelette in Les parasites
(8) Charles Baudelaire: Journaux intimes
(9) Victor Hugo: Toute la lyre, V,XXVI
(10) Charles Baudelaire: Les deux bonnes soeurs CXII in Les fleurs du mal

GÊNES (Staglieno)

femmes phtisiques et les longues maladies incurables, par le lent flétrissement de la beauté, par les teintes nacrées et bleuâtres des mains frêles et fiévreuses, par les grâces funéraires de créatures à l'immobilité cataleptique, par les fragrances pestilentielles des extrémités de l'agonie, savourent frénétiquement dans le triomphe de la mort, l'expression suprême de la beauté. A Florence, Hector Berlioz à qui l'on a proposé d'entrer dans la morgue moyennant trois pièces d'argent couvre de baisers la main d'une jeune morte aux noirs cheveux coulant à flots sur les épaules, aux grands yeux bleus demi-clos, à la petite bouche, au triste sourire, au cou d'albâtre et à l'air noble et candide, et ressort bouleversé. (11)

« Que tu es belle maintenant que tu n'es plus. » (12)

Les chants désespérés sont les chants les plus beaux s'exclame Alfred de Musset dans La nuit de Mai. Ainsi croît la beauté, dans la mort et après la mort, à la lueur des cierges funèbres ou à l'ombre des saules pleureurs, dans le corps apaisé couché sur l'oreiller, dans le corps voluptueux piqué par un serpent. (13)

Dans les fantasmes sépulcraux, l'érotisme a rencontré la mort et la mort a épousé la beauté mais « cette mort n'est plus la mort, elle est une illusion de l'art. La mort a commencé à se cacher, malgré l'apparente publicité qui l'entoure, dans le deuil, au cimetière, dans la vie comme dans l'art ou la littérature. Elle se cache sous la beauté ». (14)

« Quand je mourrai, que l'on me mette
Avant de clouer mon cercueil
Sur mon oreiller de dentelle
De ma chevelure inondé.
Cet oreiller dans les nuits folles
A vu dormir nos fronts unis
Et sous le drap noir des gondoles
Compté nos baisers infinis. » (15)

(11) Hector Berlioz: Mémoires
(12) Pierre Jean Jouve: Hélène in Matière Céleste
(13) Sculpture de Clesinger
(14) Philippe Ariès: L'homme devant la mort
(15) Théophile Gautier: Coquetterie posthume in Emaux et Camées

GÊNES (Staglieno)

GÊNES (Staglieno)

GÊNES (Staglieno)

Les secrets frissons des marbres

GÊNES (Staglieno)

ROME (Verano)

Souvent considérés comme un art complémentaire et décoratif, aux mérites moindres que ceux de l'écriture, de la peinture et de la musique, la sculpture au dix-neuvième siècle n'en développe pas moins ses pompes, ses fastes et ses oeuvres sous les verrières des salons comme sur les places publiques, sur les murs de la cité comme à l'intérieur de la ville des morts. Une clientèle nouvelle de bourgeois cossus et conservateurs non seulement se retrouve, amateur d'art, dans les vernissages mondains, mais encore aspire à léguer ses propres portraits au patrimoine national. Médiocrement au fait des choses de l'art, cette nouvelle catégorie de commanditaires, comme le grand public, exige avant tout de l'artiste une ressemblance accomplie plus que les hardiesses avant-gardistes, c'est pourquoi, dans la multiplicité des styles, des tendances, des écoles, l'art le plus ouvertement néo-classique, celui qui rivalise encore aux yeux du profane avec les miracles de la photographie naissante, répond au goût européen et extra européen du plus grand nombre. « La sculpture suit un développement à part, de beaucoup postérieur aux autres expressions de l'art romantique. Elle maintient alors le poli extérieur de la tradition néo-classique tout en modifiant les sujets selon les exigences et le goût du public »[1] Le petit monde d'outre-tombe, exception faite de quelques traditions locales, recèle, pour un examinateur régulier et attentif plus de lieux communs que de surprises, celles-ci résidant plutôt dans la présence inattendue du même monument caractéristique à Rome, Luxembourg et... Los Angeles. La sculpture au dix-neuvième siècle est un art de reproduction et une troupe d'anges gardiens jumeaux veille aux quatre coins des nécropoles sur des défunts sans parenté.

Classicisme, Romantisme, Naturalisme, Symbolisme, autant de mouvements qui se révèlent propres à des interprétations révélatrices de l'érotisme latent et qui, suivis des styles nouveaux, néo-égyptien, néo-gothique, néo-byzantin, néo-classique, augmentés de leurs amalgames et de leurs succédanés, s'emparent de la femme, l'idéalisent en allégories aux formes irréprochables, l'exotisent en prin-

(1) Maurice Rheims : Les sculpteurs du dix-neuvième siècle

MILAN (Monumentale)　　　　　　　　VARÈSE (Italie)　　CRÉMONE　　　　　　　　CRÉMONE

185

BUDAPEST (Kerepesi)

BARCELONE (du Sud Ouest)

BUDAPEST (Kerepesi)

187

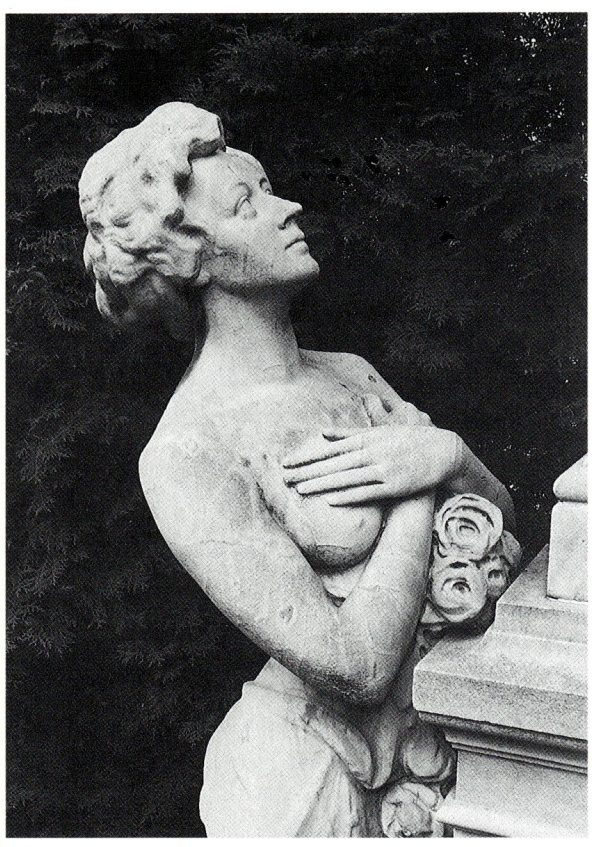

VIENNE (Döbling)

CRÉMONE

cesses alanguies, la divinisent en saintes intercédantes, la naturalisent en bourgeoises habillées en dimanche. Quelque style qu'il revête, « ce nouvel âge d'or de la sculpture, en toute logique, donna volontiers dans le monumentalisme. »[2]

« Des personnages immobiles plus grands que ceux qui passent à leurs pieds vous racontent dans un langage muet, les pompeuses légendes de la gloire, de la guerre, de la science et du martyre. Le fantôme de pierre s'empare de vous pendant quelques minutes et vous commande au nom du passé, de penser aux choses qui ne sont pas de la terre. »[3] Ce goût de la narrativité qui se concrétise dans une prépondérance de la tendance réaliste est lié aux idéaux de la classe moyenne, loin des complication esthétiques. Ce monde fier de ses acquis récents, de ses attributs professionnels et de ses décorations officielles, se satisfait pleinement des degrés prodigieux qu'atteint la virtuosité technique de sculpteurs perfectionnistes, pas toujours artistes, pas toujours professionnels, mais assurément imbattables artisans.

Dans le silence de ces musées Grévin, on croirait voir et entendre, si parfait est le réalisme de certains gisants, battre éternellement leur coeur comme le diable entendait celui des amants qu'il avait statufiés dans le film Les visiteurs du soir de Marcel Carné en 1942. Souvent figurée par la scène de genre, la trilogie honneur, famille, patrie, mais Dieu n'est encore jamais très loin, s'abandonne aux adieux déchirants du mélodrame verdien. Les langueurs de jeunes filles diaphanes environnées par les complaintes des parents éplorés deviennent prétexte à faire, des mains, des bras, des cous, des chevelures, d'admirables objets érotiques. Les jeux innocents de petites filles trop jolies paraissent guettés par des menaces plus terribles encore que la mort, les baisers échangés par de maladives adolescentes ne sont peut-être pas seulement des baisers d'adieu, les lits où soupirent les novices pourraient accueillir pour d'autres dévotions de nouveaux prosélytes. Les sculpteurs ne se donnent plus pour tâche exclusive de servir l'église et, si dans la monumentalité l'imagination archéologique des sculpteurs et des architectes à la Viollet le Duc

[2] Jérôme Fandor : Des vamps sculpturales
[3] Charles Baudelaire : Salon de 1859, sculpteur.

dépasse la folie du vrai gothique flamboyant »⁽⁴⁾ pour édifier des chapelles funéraires véritables lieux de culte en réduction, les effigies des pierres tombales rassemblent autant le vocabulaire et les attributs de l'iconographie païenne que les figures habituelles de la piété chrétienne.

Cette promenade thématique dans un cimetière reconstitué et idéal, feuilletant les pages d'une anthologie aux limites grossièrement situées entre 1850 et 1950, invite à voir, au-delà d'un pittoresque « kitsch » formule facile et globalisante qui oblitère la pléthore d'avatars de la sculpture funéraire, la fonction sociale d'un culte qui, par un système de signes prétend « dissimuler le non sens de la mort et le néant de l'après- mort »⁽⁵⁾

Passage de vie à trépas, cadavre qui ici porte le nom de corps, évocation de l'âme et mort personnifiée, toutes les obscénités prises au sens étymologique qui désigne ce qui est en dehors de la scène, figées en des gestes arrêtés, suspendues dans un temps mort, définissent une « esthétique de la mort ». ⁽⁶⁾

Inlassablement au coeur même de cet univers « de l'autre côté » sous la métaphysique monothéiste du message chrétien ressurgit, iconoclaste, la veine païenne du bassin méditerranéen qui proclame, en un motif commun à la littérature et à la pierre, que l'amour ne finit jamais car

« La douleur dit: passe et péris !
Mais la joie veut l'éternité,
Veut la profonde éternité »⁽⁷⁾

Ces relations poursuivies sans relâche entre les morts représentés et les survivants installés là par obligation posent les pierres d'un musée de l'amour, mystique et enchanté, où celle qui est morte semble dormir, où celle qui porte le deuil semble à nouveau prête à séduire. Monde en suspens comme le Paradis terrestre, où les amants rêvent que leur bonheur dure éternellement, où Orphée demeure à jamais auprès d'Eurydice, « monde d'outre-mort où la répression sexuelle de l'univers bourgeois heurte sa limite et sa transgression, où le nu féminin est la protestation d'une époque qui rejette le primat donné à l'âme par l'église et fait du nu macabre l'inversion érotique des mortifications corporelles. »⁽⁸⁾ Là, dans le silence, manière la plus catégorique d'exprimer l'inexprimable, langage de la mort et mort du langage, s'ouvrent d'infinis espaces, d'infinis possibles à notre imaginaire.

« J'ai rêvé d'une vierge impeccable aux yeux froids
Qui d'un bond émergeant des moiteurs de sa couche,
Vient accrocher le poids de son corps à ma bouche
Et pointe sur mon coeur le roc de ses seins droits.
Longtemps pieuse et chaste elle a porté la croix
De l'orgueil vertueux que nul désir ne touche,
Mais voilà que le rut s'est éveillé farouche
Et la chair en révolte a réclamé ses droits... »⁽⁹⁾

---

(4) Giovanni Grasso: Staglieno
(5) Jean Didier Urbain : La société de conservation
(6) Michel Guidomar : Principe d'une esthétique de la mort
(7) Frédéric Nietzsche : Ainsi parlait Zarathoustra. Traduction de Geneviève Blanqui.

(8) Thierry Maertens : Le jeu de mort
(9) Sire de Chamblay : Légende des sexes

GÊNES (Staglieno)

Phantasmobjets du désir

VIENNE (Zentral)

Le nu, thème permanent de l'art au fil des siècles, est la forme sublimée de la nudité. La nudité suggère l'embarras de la situation, le nu semble capable de véhiculer toute idée même sublime. La nudité la plus vulgaire comme le nu le plus pur ne manquent pas d'éveiller un émoi érotique. « Le nu s'empare de l'objet le plus sensuel, celui qui nous concerne le plus directement, le corps humain, et le place hors des atteintes du désir et du temps. » Cette formule de Kenneth Clark semble épouser précisément les contours de bon nombre de sculptures funéraires, contours bien souvent mis en valeur par la suggestive « draperie mouillée » alors même qu'ils prétendent incarner un modèle de perfection spirituelle. Cet érotisme relativement modéré, plus révélateur de formes parfaites que de turpitudes cachées, s'apparente à la sensualité subtile qui émane de la Vénus de Cnide de Praxitèle ou de quelques autres de ses soeurs grecques. Au caractère sacré du nu antique, totalement remis en question par la pensée chrétienne, succéda l'effigie du péché pour une Eglise effrayée par le corps « à ce point fétide qu'il suffit à défigurer l'âme pure et immaculée qui y est envoyée[1], singulièrement le corps de la femme première responsable de la faute d'Adam et dont la beauté est funeste à ceux qui la regardent parce qu'elle fait naître de sales pensées et de mauvais désirs. » [2] Longtemps la meilleure façon de mépriser le corps fut de s'en dégoûter en songeant au « triste état où la mort doit le réduire ». Dans le même temps l'art en multipliait l'obsession, dénonçant ici et là ses tentations. Honteux et indécent, il en devint par là-même un instrument de provocation érotique avant de renaître malgré Savonarole en Vénus boticellienne, exquise beauté aimée entre toutes par Dieu dans les Cieux. « Son âme et son esprit sont Amour et Charité, ses yeux Dignité et Magnanimité, ses mains Libéralité et Magnificence, ses pieds Amabilité et Modestie. Ainsi est-elle toute entière Tempérance et Honnêteté, Charme et Splendeur. »[3] Les idéaux chrétiens et les mythes humanistes cohabitent alors. La plus voyante des découvertes de la Renaissance c'est le nu [4]. Vénus

(1) Bernardin de Sienne
(2) François de Toulouse
(3) Marsile Ficin
(4) Alberto Tenenti: Sens de la mort et amour de la vie

STOCKHOLM (Nora Begranmingsplats)

MILAN (Monumentale)

MILAN (Monumentale) LISBONNE (Dos Prazeres) VÉRONE GÊNES (Staglieno)

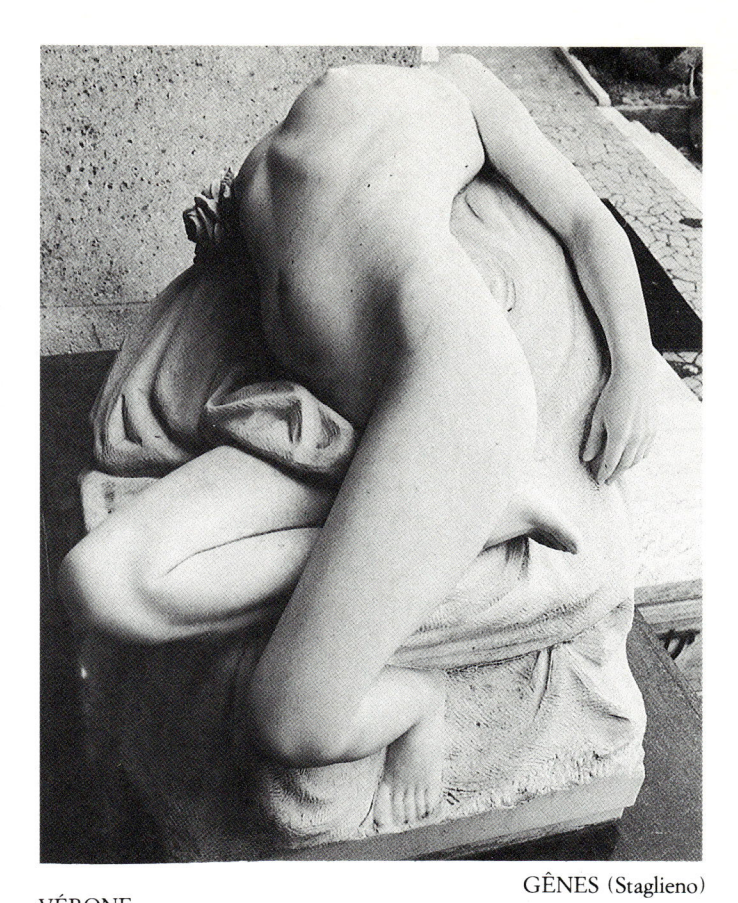

céleste et Vénus naturalis se fondent pour redonner des seins aux saintes et pour donner au corps de la femme, symbole de la génération, la succulence des fruits. La métaphore du fruit ou de la fleur croîtra et embellira jusqu'à la flore femelle des frondaisons Liberty. Auparavant le maniérisme de Niccolo dell'Abate, de Jean de Bologne, de Benvenuto Cellini et de l'école de Fontainebleau auront conféré à la femme voluptueuse le raffinement idéal, le « chic », l'élégance érotique autrefois entrevus chez Cranach. Tout naturellement le maniérisme conduit à Ingres et au flot de sensualité mal canalisé par la pruderie de façade qui caractérise le siècle romantique tant chez les peintres de salons que chez les tailleurs de pierre. Les nus torturés, enchaînés, vendus sur les marchés d'esclaves, les Vénus au bain et les nymphes champêtres venues de l'Antiquité, qui remplissent les expositions annuelles en dissimulant la réalité du désir sous un contexte oriental ou mythologique se dédoublent en pleureuses accablées enchaînées au tombeau, en plus frivoles jouvencelles, tanagras disposant les couronnes et les bouquets du souvenir. Les nus « fin de siècle » officiellement admirés pour leur technique méticuleuse qui en exaspère l'érotisme, refusent agréablement la réalité de l'époque comme les nus funéraires refusent désespérément la vie qui s'en va.

« Qu'est-ce que la beauté », « le nu esthétique », « la grâce féminine », « la femme comme elle est », « la beauté de la femme », autant d'ouvrages qui, destinés en principe au peintre ou au sculpteur, sont des prétextes à la représentation et à l'observation de la nudité de la femme, imagerie plutôt raccoleuse autorisée dans la mesure où elle est présentée comme album de nus académiques mais aussi comme expression du nouvel intérêt ethnologique pour les peuples colonisés ou lointains. Un commentaire du tableau d'Alphonse-Étienne Dinet: « Clair de lune à Laghouat » donne la mesure de l'attitude sexiste et raciste de la critique bourgeoise d'alors: « Ces poseuses, ces petits corps tout frémissants, élégants, souples, félins et agiles, qui font penser à je ne sais quels animaux gracieux, doux et farouches, le peintre en connaît toutes les poses alanguies, câlines et impatientes, toute la mimique parlante et carac-

ZURICH (Sihfeld)

VIENNE (Zentral)

LAUSANNE (Saint-Georges)   BUCAREST (Orthodoxe)   BUDAPEST (Kerepesi)   MILAN (Monumentale)

téristique, toute l'âme ardente et enfantine, aux jalousies de petites bêtes gâtées, aux convoitises de jeunes singes. Cette âme candide et primitive qui se traduit dans les brusques variations de physionomies expressives et dans les accents d'une voix qui prend tantôt les inflexions les plus fluides du chant des oiseaux et tantôt les fureurs et les aboiements rauques des jeunes chacals. Il semble même qu'il nous fasse sentir l'odeur fauve et musquée de ces jeunes chairs sauvages » [5] Tel est l'érotisme du colonisateur dont le tableau de chasse pourrait s'enrichir de la vision de quelques jeunes beautés comme naturalisées dans les grandes réserves nécropolitaines. Dans le même temps, les modèles nus féminins, nouveaux éléments de la vie de bohème prennent peu à peu la place des hommes dans les académies d'art, affirmant en cela leur prépondérance dans l'ordre de la beauté et leur faculté d'incarner des idéaux culturels. Insensiblement l'attirance qu'avait avouée à la fin du dix-huitième siècle le mouvement néo-classique pour les beautés du corps masculin -les oeuvres de Sergel ou de Thowaldsen en témoignent ainsi que les écrits de l'historien d'art Winkelmann dont l'idéal androgyne était « l'incorporation des jeunes formes du sexe féminin aux formes masculines d'un beau jeune homme »- se reporte sur le sexe féminin. Ce qui a des conséquences jusque dans le ciel puisque l'ange du cimetière d'abord éphèbe incertain, opte bientôt définitivement pour le sexe féminin et ignore les rares jeunes gens à la nudité classique, sortis des photographies siciliennes du baron Von Gloeden, exhibant discrètement ce que Diderot appelait « ce bout d'intestin grêle. »

Intégral quelquefois, le nu convoqué en tableaux vivants sur les planches des music-halls par l'alibi artistique du théâtre, fait son entrée au champ de repos dans des formes suffisamment chastes pour ne pas trop émouvoir les censeurs mais suffisamment évocatrices pour devenir parfois le but d'un pèlerinage d'un genre inattendu. Néanmoins on veut y considérer la nudité comme « la beauté idéale propre aux divinités »[6], et voir en elle l'incarnation du caractère éphémère et authentique de la vie.

« il y a cent choses qui sont cachées précisément pour qu'on nous les montre », constatait

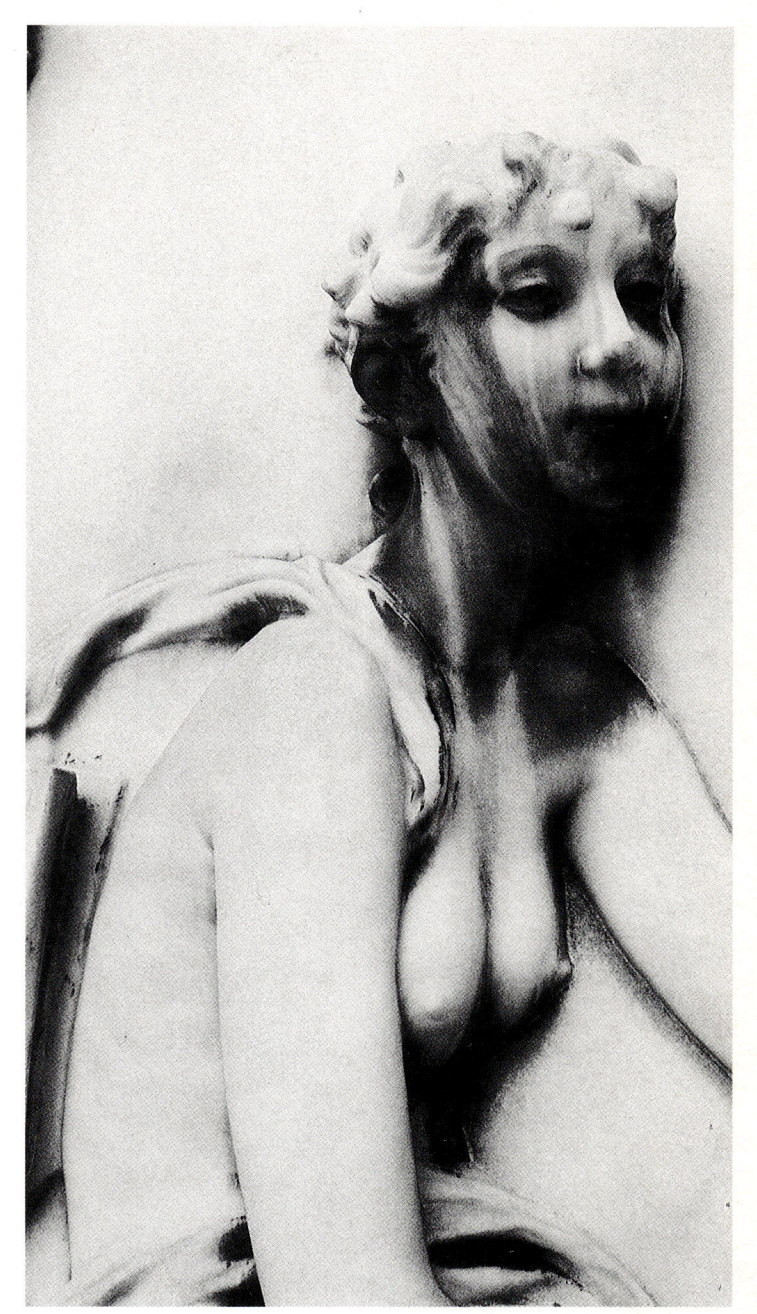

VIENNE (Döbling)

---

(5) in Gilbert lascault: Figurées, défigurées, petit vocabulaire de la féminité représentée
(6) Isolde Ohlbaum: Den alle lust will ewigkeit

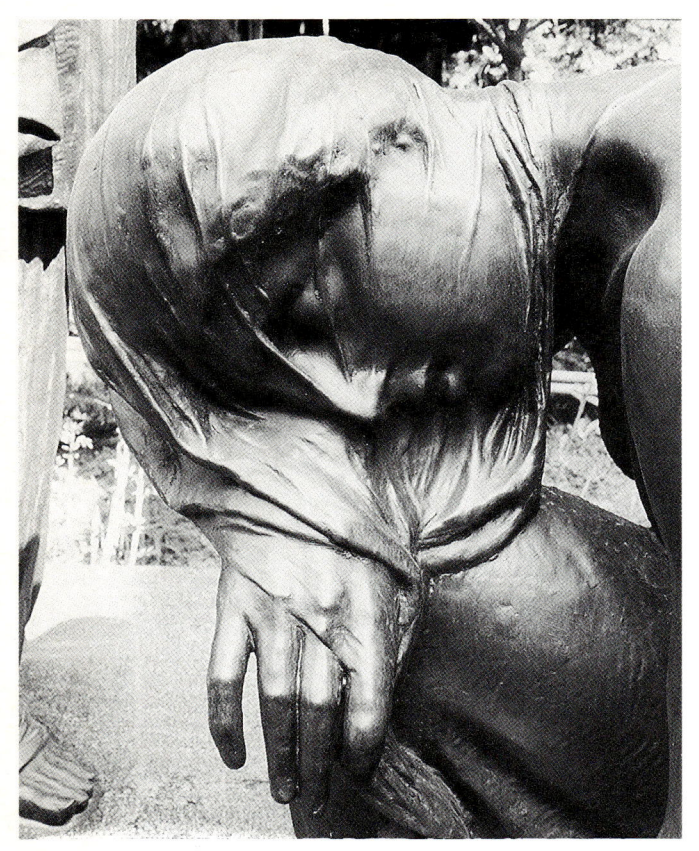

MILAN (Monumentale)   GÊNES (Staglieno)   BRESCIA (Italie)

198

TRÈVES (R.F.A.)

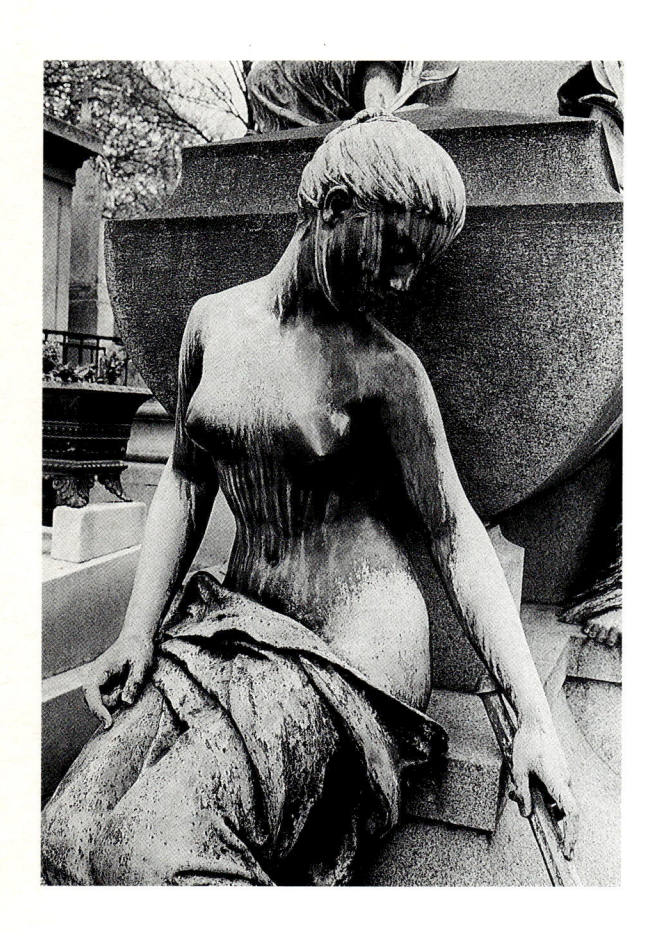

PARIS (Père Lachaise)

BRUXELLES (Evere)

Montaigne. Si la femme nue reste le motif le plus clair de l'exaltation du voyeur et « l'un des sujets types de l'art européen »[7], l'érotisme se dégage également de la parure et du vêtement que l'on utilise paradoxalement non seulement pour se couvrir mais pour exercer une attraction. « Le vêtement n'a pas été conçu pour cacher et protéger le corps mais pour le rendre sexuellement attrayant ! »[8] La mode est un aphrodisiaque et l'église l'a bien compris qui a vu en elle un élément diaboliquement provocateur.

Jean-jacques Rousseau, dans la lettre à l'Alembert, écrit: « Ne sait-on pas que les statues et les tableaux n'offensent les yeux que quand un mélange de vêtements rend les nudités obscènes. » Ces obstacles à la sexualité font naître le désir de dévoiler un mystère caché. Ce jeu du secret étudié par Freud: « Il faut un obstacle pour faire monter la libido, et là où les résistances naturelles à la satisfaction ne suffisent plus, les hommes en ont, de tout temps introduit de conventionnelles pour pouvoir jouir de l'amour »[9], dit bien l'importance des stimulations culturelles dans l'excitation sexuelle. L'artifice influence le choix érotique et, aux caractères morphologiques naturels, les vêtements, les coiffures, les fards, les bijoux, ajoutent les ruses d'une mise en scène subtile ou excessive, raffinée ou vulgaire mais toujours séduisante.

Dans le jeu du révéler ou pas, du faire deviner, du laisser entrevoir, du suggérer, le dix-neuvième siècle puis la Belle Époque, le temps du frou-frou, inventent maints « trucs » nouveaux. le mot maquiller en italien n'est-il pas précisément truccare: truquer. Ces bustiers, ces bas, ces dentelles, ces manchons, ces gants, ces chapeaux qui font de la nudité la plus banale l'être le plus mystérieux, se sont faits accessoires du deuil, le noir leur va si bien. Voir le « jupon de deuil, en beau taffetas noir, volants plissés et découpés... vingt deux francs » et la boutique « A l'orpheline, modes et bijoux de deuil, robes faites en dix heures ». Et ces voilettes censées abriter les pleurs, ces transparences qui embrument le regard et donnent une indicible élégance au chagrin, quelles difficultés de roi pour le talent du sculpteur muant le marbre en de la gaze et

(7) Edward Luci-Smith: L'érotisme dans l'art occidental
(8) Havelock Ellis: Studies in the psychology of sex
(9) Sigmund Freud: Essais de psychanalyse appliquée

VIENNE (Döbling)

HAMBOURG (Glsdorf)

MILAN (Monumentale)

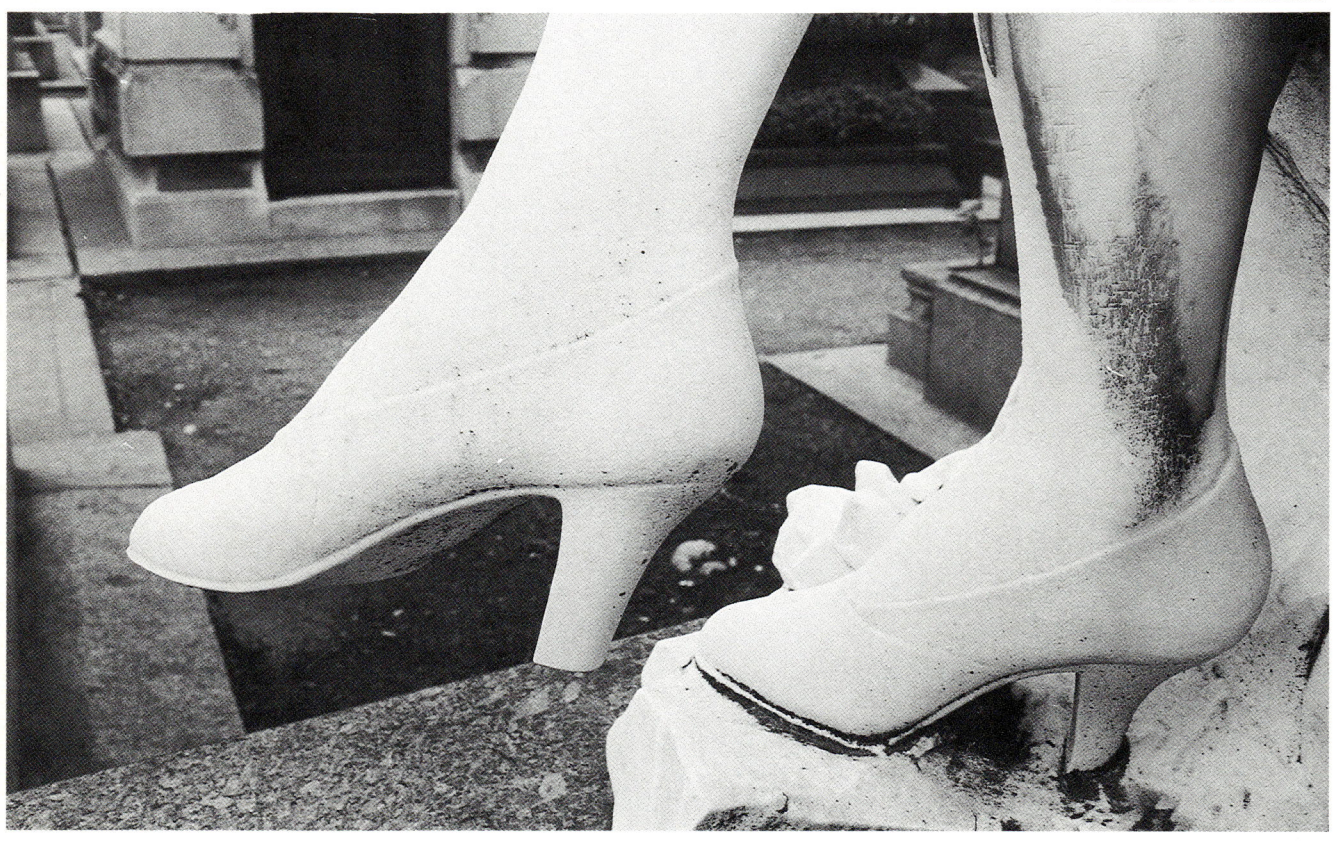

PARIS (Père Lachaise)

202

ajoutant là une vie intense qui persévère, aux traits sinistrement éteints sous le drap mortuaire. Et « le corset brutal emprisonnant les flancs »[10], qui sculpte la femme en forme de sablier, quel plaisir fatidique et prémonitoire pour l'artiste qui le suggère sous les robes à volants d'où émerge une femme statue à l'artificielle sveltesse. Et l'art podoérotique qui fait de la chaussure « l'entremetteuse érotique du pied »[11] est maniaquement reproduit par les statuaires qui, jusque sous les robes, ajustent aux pieds des bottines, et rendent compte d'une mode qui décidément aime lacer et délacer « les femmes éphémères, miroirs de la transformation perpétuelle de la société.[12]

Un monde apparemment prude très habillé, sanglé dans ses principes, mais qui chargé de mystère, révèle à travers les résilles et les caprices de la mode les secrets de ses fantasmes, voisine avec un monde incongrûment déshabillé de courtisanes disponibles sous le vernis pseudo esthétique de l'alibi artistique. Le déjeuner sur l'herbe de Manet s'est quelquefois égaré sur les pelouses du cimetière.

(10) Charles Baudelaire: Curiosités esthétiques
(11) William Nochlin: Woman as sex object

BRUXELLES (Saint-Gilles-lez-Bruxelles)

PARIS (Père Lachaise)

GÊNES (Staglieno)

Créatures en majesté

VÉRONE

NOVARE

La mort est la fille de l'Erèbe et de la nuit. Une faux sanglante orne sa main décharnée, une robe noire parsemée d'étoiles couvre les os luisants de son squelette livide.

« La mort a des rigueurs à nulle autre pareille
On a beau la prier
La cruelle qu'elle est se bouche les oreilles
Et nous laisse crier. »[1]

Les Parques, ses trois soeurs filandières, Clotho qui tient la quenouile, Lachésis qui tourne le fuseau, Atropos qui coupe le fil avec ses ciseaux se voient remettre la destinée des hommes. L'art macabre a complaisamment mis en présence la Mort et la femme « qui ont surgi de concert, au temps où il n'existait pas encore de femmes, avant la création de Pandora, au temps où il n'y avait pas non plus pour les hommes mâles de mort ».[2] L'art prête à leur rencontre la tension d'une étreinte, d'un accouplement de «la plus enivrante des choses de cette terre, le corps féminin, avec le fantôme réel de l'au-delà, le corps putréfié. »[3] Hans Baldung Grien, Nicolas Manuel Deutsch, Edward Munch, Adolf Hering expriment non seulement la peur de la mort mais aussi la peur de la femme qui doit être châtiée à cause des dangers qu'elle incarne. « Objet d'amour, tentatrice, coupable depuis l'eden, fournaise ardente, pécheresse, aiguillon du scorpion, voie du vice, sexe malfaisant »[4], cette liste non exhaustive fait d'elle une créature de la nuit comme la mort à laquelle elle n'échappe pourtant pas davantage que l'homme. Cet être de perdition, qui occupe tant de pages de la littérature fin de siècle, ne pénètre bien évidemment qu'avec circonspection dans le cimetière, lieu où il n'est pas bon de perdre son âme mais où il importe précisément de faire son salut. Cette union de la femme et de la mort pourtant, a engendré « la femme fatale porteuse à la fois de sa mort et de celle des autres. »[5]

(1) Malherbe: Consolation. A Monsieur du Périer sur la mort de sa fille
(2) Jean-Pierre Vernant: Figures féminines de la mort en Grèce
(3) Alberto Tenenti: Sens de la mort et amour de la vie
(4) Lo Duca: Histoire de l'érotisme
(5) Michel Vovelle et Régis Bertrand: La ville des morts

Sa main laisse échapper
  une fleur qui se fane
Et ployée à son dos, son aile diaphane
  Reste sans mouvement.
Quoi qu'elle ait mis le pied
  dans tous les lits du monde
Sous sa blanche couronne
  elle reste inféconde
  Depuis l'éternité.
L'ardent baiser s'éteint
  sur sa lèvre fatale,
Et personne n'a pu cueillir la rose pâle
  De sa virginité.
C'est elle qui s'en va se coucher la jalouse
  Entre les deux amants,
  et qui veut qu'on l'épouse
  A son tour elle aussi. » ⁽⁶⁾

C'est elle, la beauté maudite, divinité mystérieuse, qui apparaît sous les traits d'une belle dame sublime et sans merci exerçant toujours sa fascination au-delà de la tombe. Ou bien encore sous la forme incomplètement pervertie d'un sphinx mi- femme, mi-bête. Dans certaines nécropoles « passent de silencieuses femmes nues ou accoutrées d'étoffes serties de cabochons, des **Salomés** immobiles, des déesses chevauchant des idoles tiarées, des femmes aux cheveux de soie floche, aux yeux fixes et durs, aux chairs de la blancheur glacée des laits »⁷

Tandis que « dans l'art européen la femme passive est progressivement remplacée par son archétype rival la femme dominatrice »⁽⁸⁾, et que le sadisme de l'aube romantique incline au masochisme, la femme salvatrice a su, dans l'enceinte toujours sacrée du cimetière, avec la croix pour auxiliaire, maintenir à distance, comme cela se pratique, dit-on, avec les vampires, « la mercenaire des Ténèbres, la serve absolue du diable »⁽⁹⁾

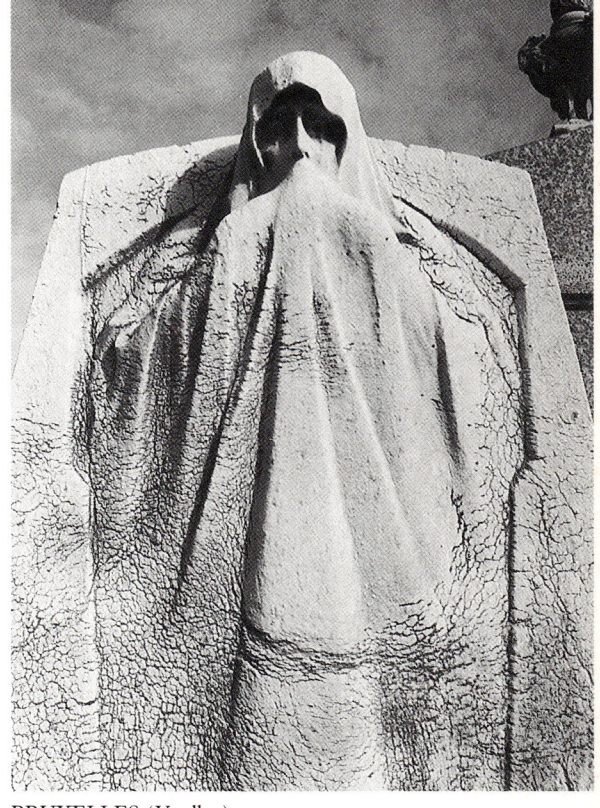

(6) Théophile Gautier: la mort in La comédie de la mort
(7) Joris-Karl Huysmans: Certains
(8) Edward luci Smith: L'érotisme dans l'art occidental
(9) Joris Karl Huysmans: Certains

BRUXELLES (Yxelles)

GÊNES (Staglieno)

Déformation animale de la femme fatale, la figure de marbre du sphinx « d'un aspect à la fois effrayant et attrayant, avec le corps et les griffes d'un lion, la tête et les seins d'une femme »[10], gardien impassible des nécropoles et des seuils interdits, « veille au bord des éternités sur tout ce qui fut et tout ce qui sera, »[11], moins retenue ici comme emblème de la féminité pervertie qu'en tant qu'énigmatique symbole de l'inéluctable, et bizarre motif architectural.

BUCAREST (Orthodoxe)

(10) Henri Heine: Buch der lieder
(11) Albert Champdor: Le livre des morts

MILAN (Monumentale)

GÖTERBORG (Redberyosplasen)

BUDAPEST (Kerepesi)

209

ROME (Verano)

TURIN (Monumentale)

MANTORRE

BRUXELLES (Evere)

211

LONDRES (East Sheen)

Le moment de la fin

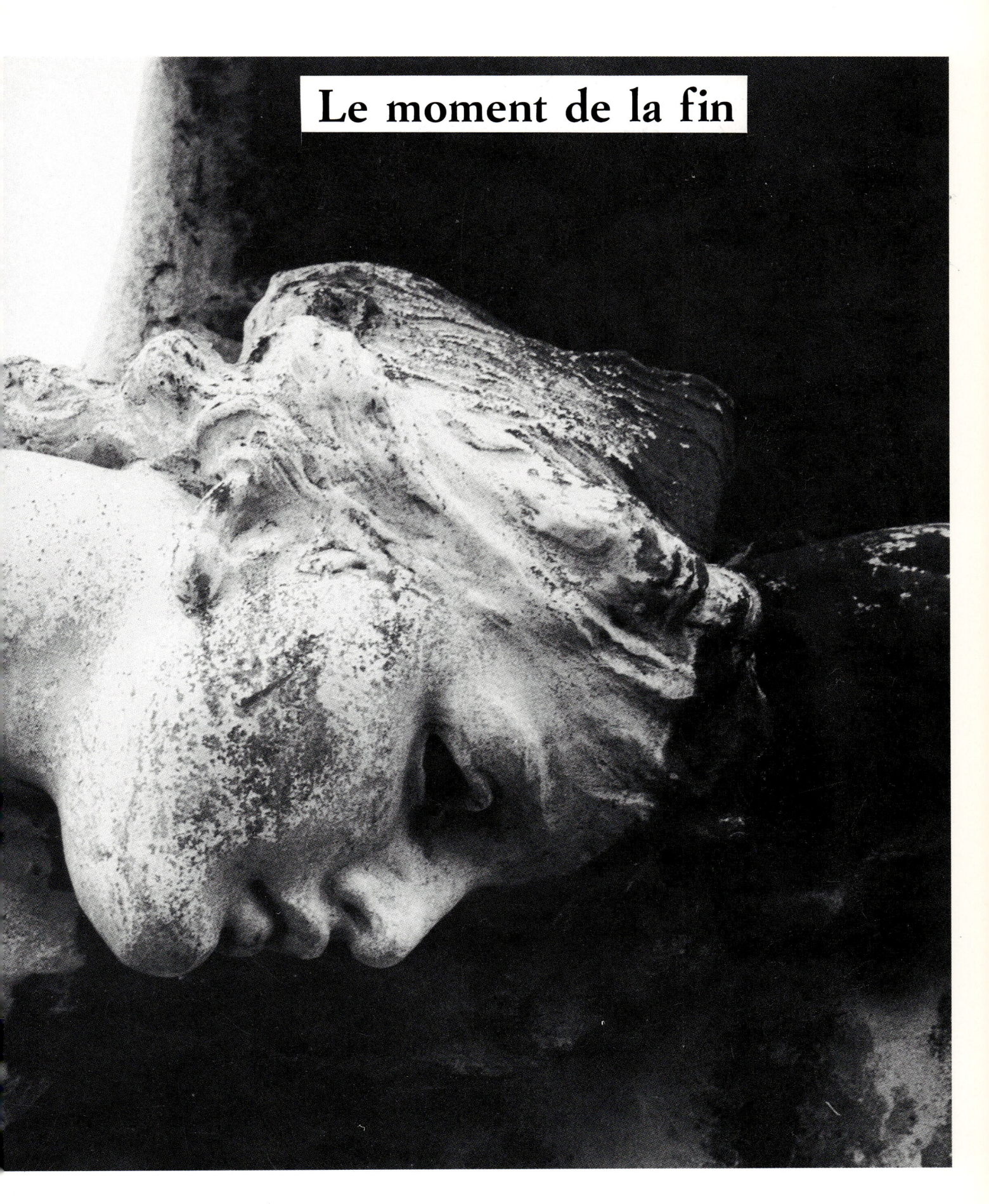

Dans des champs de repos agités de fiévreux soubresauts, les grands passages aux airs de petite mort, les amoureux transports et les extases mystiques, les fougueuses étreintes et les adieux pathétiques, ont le ciel pour baldaquin et les anges pour témoins. Mais ici les grandes passions comme les grandes douleurs sont muettes.

Le cimetière est un espace d'ambiguïté où l'habitat veut se confondre avec la chapelle, le lit avec la tombe, le sommeil avec la mort, le plaisir avec la douleur, l'extase sensuelle avec l'agonie, le néant irrémédiable avec la vie éternelle. Cette ambiguïté permanente crée les conditions d'une lecture à des degrés divers, lecture dans laquelle la tentation pourrait être de s'abandonner à la perversité du regard et de l'imagination, il est vrai sollicités par une fascinante collection d'objets inattendus et par la rencontre, dans le temps arrêté d'un univers somnambulique, de fantômes minéralisés peu soucieux des visiteurs. Monde parallèle qui, non seulement reflète la nouvelle société ou les classes sociales qui se forment à cette époque mais surtout propose à cette société ou à ces classes sociales une manière d'image idéale qu'elle aimerait donner d'elle-même. Ce théâtre de pierre et de bronze ne met pas tant l'accent sur les réelles valeurs contemporaines que sur celles qu'une société caractérisée veut créer ou instaurer et auxquelles parfois l'artiste apporte les infléchissements imprévus que lui dicte sa sensibilité.

Soucieuse d'arrêter un inéluctable processus, de retenir ce qui doit disparaître, la bourgeoisie a d'abord confié à des allégories le soin de proclamer sa culture, puis à des portraits de plus en plus fidèles de dresser des arbres généalogiques, enfin à des pleureuses mercenaires ou de parenté directe d'éterniser la douleur que ne devait pas manquer de faire éclater les successives disparitions de ses membres, celle du père de famille au tout premier chef. Jeune et belle le plus souvent, la femme s'est vu confier cette haute mission qui l'éternise au chevet du lit conjugal devenu lit de mort, exprimant ainsi la prolongation des liens charnels et terrestres en liens spirituels et peut-être célestes. Dans le même temps la mort rend au mariage un caractère érotique et passionnel qu'il perd bien souvent à l'usure du quotidien. Autour des couples rodent maintes femmes qui, les yeux baissés, la main sur le coeur, frappées, par un accès de faiblesse participent à ces démonstrations d'éternelle fidélité et jouent tout le répertoire des rôles liés aux diverses conceptions de l'amour. Simultanément proches et lointaines, chastes et sensuelles prosaïques et évangéliques, solides et évanescentes, elles passent sans cesse d'un monde dansl'autre, dans leur aura érotique d'objets dans l'autre, dans la gloire surnaturelle de leur vocation divine. A portée du regard qui tente de se l'approprier, la femme nécropolitaine a été placée là, pourrait-on dire, par les Pères de l'église et par les Pères de La nation. Enrolée par l'église, sa vocation divine est d'être la femme médiatrice, en communication avec le surnaturel, au service de missions rédemptrices qui la dépassent. Enrolée par l'homme, qui souvent vit moins longtemps qu'elle, elle est chargée de perpétuer sa gloire après avoir perpétué l'espèce, en versant les larmes les plus flatteuses sur le seuil de sa dernière propriété.

Le Romantisme a cherché en la femme objet de possession, le révélateur de l'homme dont elle féconde le génie, la belle âme gardienne de la bienséance et des traditions, la belle Ophélie enfin, l'innocente victime d'une fatalité tragique. Eminemment littéraires au siècle romantique, les arts plastiques ont traduit en icônes sensuelles la beauté qui mène à l'amour, la beauté qui mène à la mort.

Ces beautés, tolérées par une église aux pouvoirs déclinants, car elles annonçaient celles de l'âme, ne pouvaient manquer d'être admises, à de rares exceptions près, par les hommes puisqu'elles représentaient précisément ce que l'homme veut qu'elles soient, perpétuellement parfaites, éternellement disponibles. Toutes ces bien belles personnes semblent dire: « Nos formes sont lascives mais notre vie est honnête. » Et d'aventure, en frôlant l'une d'entre elles, gisante, pourrait-on l'entendre murmurer comme Madame de Fontaine Martel sur son lit d'agonie en 1780: « Ma consolation est qu'à cette heure, je suis sûre que quelque part, on fait l'amour. »

ROME (Verano)

En conclusion de son histoire de l'érotisme Lo Duca formule ce voeu: « je voudrais enfin que puissent exister des cimetières où l'on lirait ces mots sur le seuil: Ils aimèrent. Je désespère parfois qu'il y ait assez d'âmes et de corps heureux pour former un tel enclos ».

Ce lieu utopique le professeur Andréas Chabotopoulos l'a rencontré, sur un éphémère îlot volcanique, situé à l'ouest des Açores, hélas aujourd'hui disparu, fragment bien réel de la mythique Atlantide. Il y découvrit toute l'importance de l'amour chez les lointains Atlantes, amour qui trouve sa plus haute et pathétique expression dans un véritable rite suicidaire qui, à tous les âges de la vie, à l'heure de leur choix permet aux couples de se supprimer. Sur un site à l'écart, face à la mer, tourné vers le soleil couchant, le professeur découvrit, là où devait alors s'étendre un jardin merveilleux, les ruines d'un temple auquel on aboutissait par une étroite allée labyrinthique. Là, enfoui sous le monument, pareil à un refuge, se cachait un hypogée aux murs peints d'une apaisante couleur bleu marine. C'est ici que les amants malheureux ou vieillissants, les couples rassasiés de bonheur ou lassés du contact de leurs semblables venaient volontairement mettre fin à leurs jours. Le professeur a d'ailleurs déchiffré sur les parois de cette chambre d'amour et de mort une légende rapportant que ce temple avait été à ses origines placé sous les auspices d'un couple hors du commun et devenu exemplaire, dont les derniers instants s'étaient déroulés dans un tel paroxysme de passion amoureuse que point n'avait été besoin pour eux de faire usage du poison libérateur. A côté du lit, à portée de la main, un ingénieux mécanisme permettait aux amants dès leur arrivée d'allumer une flamme qui ne tardait pas à apparaître au-dessus du temple. On savait dès lors que l'entrée en était interdite. Un peu plus tard un dernier geste de l'un d'eux et, dans le ciel, cette flamme se changeait en une fumée noire. On savait alors qu'ils venaient d'exhaler leur dernier souffle. C'est dans cet immense champ de repos, appelé le mouroir des amants, que le couple, toujours uni en un cercueil unique était mis en terre en un espace symboliquement protégé, accessible par des dédales d'allées ombragées. Là, le professeur découvrit aux côtés de ceux qui avaient sans hésiter choisi de mourir à la même minute, les tombes des amants que le destin avait arbitrairement séparés. L'ensemble composait le cimetière des passions ardentes, véritable florilège primesautier, sous formes d'épitaphes enflammées, de la littérature amoureuse des Atlantes, expression la plus parfaite de l'accouplement d'Eros et de Thanatos.

Un seul amour
Une même tombe

Derniers devoirs

Extrait d'une collection de 45.000 photos puis d'une présélection de 1.200 clichés, réduite en définitive à quelque 300 monuments d'une sorte de cimetière idéal, ce florilège en forme d'invitation au voyage, rassemble environ 80 cimetières d'une soixantaine de villes disséminées dans vingt pays de l'Europe de l'Ouest et de L'Est. Ces nécropoles riches en mausolées d'exception -pour des raisons économiques et culturelles, elle appartiennent dans la majorité des cas à des villes importantes- offrent au-delà de la thématique retenue ici, bien d'autres sujets d'admiration et de réflexion qui sont autant de motifs de visite dans des lieux tous situés à moins de trois heures d'avion de Paris. Et l'on se prend à imaginer un possible tour d'Europe des cimetières dont les étapes les plus nombreuses se situeraient en Italie -pays de loin le plus représenté- dominées par deux capitales de la curiosité funéraire, Milan et Gênes. Un simple constat statistique suggère, dans la sécheresse et l'arbitraire d'un classement purement quantitatif, les itinéraires les plus fertiles en découvertes, non seulement pour l'aspect strictement érotique de cette sculpture mais aussi sans doute dans les limites plus vastes de la statuaire funéraire en général.

1	Milan :	58 photos (1)*
2	Gênes :	48 photos (1)
3	Budapest :	17 photos (1)
4	Crémone :	13 photos (1)
	Paris :	13 photos (4)
	Turin :	13 photos (1)
	Vienne :	13 photos (2)
8	Bruxelles :	7 photos (3)
	Rome :	7 photos (1)
10	Barcelone :	6 photos (2)
11	Copenhague :	5 photos (3)
	Londres :	5 photos (4)
	Prague :	5 photos (3)
	Varsovie :	5 photos (2)
15	Lugano :	4 photos (1)
	Trieste :	4 photos (1)
	Vérone :	4 photos (1)
18	Bergame :	3 photos (1)
	Florence :	3 photos (1)
	Göteborg :	3 photos (1)
	Marseille :	3 photos (1)
	Modène :	3 photos (1)
	Venise :	3 photos (1)
	Zurich :	3 photos (1)
25	Athènes :	2 photos (1)
	Brême :	2 photos (1)
	Bucarest :	2 photos (1)
	Hambourg :	2 photos (1)
	Innsbruck :	2 photos (1)
	Lausanne :	2 photos (1)
	Lisbonne :	2 photos (2)
	Mantoue :	2 photos (1)

Les villes qui suivent sont représentées par une photo: Amsterdam, Bâle, Berne, Bratislava, Brescia, Cracovie, Dresde, Gdansk, Heidelberg, Karlovy-Vary, Liège, Livourne, Lucerne, Monaco, Naples, Nice, Nîmes, Novare, Ostende, Piacenza, Salzbourg, Saragosse, Sintra, Trèves, Tuntange, Varèse, Verviers.

Une sélection plus subjective, voire purement sentimentale recommanderait ces quelques escales nécrophiliques délibérément proposées dans le désordre afin de ne pas heurter l'esprit de clocher de leurs habitants :
- «Staglieno» à Gênes, tableau d'une société en chapeau melon et corset de dentelle fine, peu à peu ensevelie sous la poussière grasse d'une époque qui s'éloigne.
- «Kerepesi» à Budapest où des couples de

* entre parenthèses: nombre de cimetières représentés dans une même ville.

pierre sans souci des milliers d'insectes qui courent dans les hautes herbes d'un parc à l'abandon, échangent des confidences sans fin.

- «San Michele», l'île des morts de Venise où parfois un lézard s'enhardit à élire domicile dans un chausson de danse en satin rose, déposé par une admiratrice sur la tombe de Diaghilev.

-L'immense champ de repos du «Sud Ouest» de Barcelone où des vols d'anges blancs et las se posent et se reposent sur les tombes tiédies par le soleil.

-Le «Monumentale» de Milan, répertoire de toutes les formes de la mélancolie et club de tous les veuvages, éplorés ou joyeux.

-Athènes, baptisé, «n°1», qu'il ne faut pas quitter avant la fin de l'après-midi, moment où débute dans les plus hautes branches un concert, symphonie concertée interprétée par des centaines d'oiseaux musiciens toujours ponctuels.

-Londres et ses 103 cimetières dont «Highgate» sous le regard fixe d'un massif totem de pierre grise à l'effigie de karl Marx, «Kensal Green» et ses allées mystérieuses dans le brouillard du matin ou encore «Golder's green» où, parmi les urnes cinéraires alignées comme des bocaux à pharmacie, repose, réduit en poudre, Sigmund Freud.

-Florence où, derrière les «Porte Sante», les femmes de marbre blanc rosissent puis rougissent sous le soleil couchant avec la bénédiction du Père abbé de San Miniato.

- «Vyserhad» et ses célébrités praguoises taillées dans le Jugendstil, et le nouveau cimetière juif, plus secret que l'ancien, où l'on peut découvrir, les hommes coiffés de l'obligatoire Kipa, la tombe de Franz Kafka.

-Turin, population de bronze noir apparemment affairée mais figée dans le temps mort d'un arrêt sur l'image.

-Vienne, le cimetière central, son carré des musiciens accompagnés de leurs admiratrices vêtues pour une première à l'Opéra troublée par les bonds intempestifs d'écureuils gourmands et mal élevés.

-Naples et son décor égyptien de superproduction cinématographique derrière lequel, ici ou là, une plaque de marbre qui s'effondre découvre un corps momifié gisant sur sa couchette de seconde classe.

- Liège, étrange collection de coeurs de pierre qui ont cessé de battre pour ceux qui peu à peu s'enfoncent dans l'oubli...

«L'érotisme est une science strictement individuelle»[1], et le vice n'est jamais qu' «un goût qu'on ne partage pas»[2], aussi ne te reste-t-il, lecteur, qu'à choisir dans ce réseau de bonnes adresses, portes qui ouvrent sur l'autre monde, l'itinéraire qui te semble le plus capable «de faire ton âme jouir»[3]. Bon voyage.

---

(1) Robert Desnos
(2) Jean Lorrain
(3) Germain Nouveau

Orientation bibliographique

Ouvrages généraux

Franco ALBERONI *L'érotisme* Ramsay 1987
Philippe ARIES *L'homme devant la mort* Seuil 1977
Georges BATAILLE *L'érotisme et la fascination de la mort* La Nef de Paris 1957
Georges BATAILLE *Les Larmes d'Eros* Jean-Jacques Pauvert 1981
Maurice BESSY *Imprécis d'érotisme* Jean-Jacques Pauvert 1961
Hans BLUHER « Die rolle der erotik » in *der männlischen gesellschaft* E. Diederichs 1919
Pascal BRUCKNER et Alain FINKIELKRAUT *Le nouveau désordre amoureux* Seuil 1977
Lo DUCA *Erotique de l'art* La jeune Parque 1966
Lo DUCA *Histoire de l'érotisme* Pygmalion 1971
Havelock ELLIS *Studies in the psychology of Sex* Grove press 1908
Alexis EPAULARD *Vampirisme, nécrophilie, nécrosadisme, nécrophagie* Stock 1901
Docteur FESNEAU « La sexualité et la mort » in *Bulletin de la société de thanatologie* n° 4 - 1971
Docteur Charles FOUQUE *Essai sur l'érotisme* Editions des deux sabots 195
Sigmund FREUD *Délire et rêve dans la Gradiva de Jensen* Gallimard 1949
Pierre GRIMAL *Dictionnaire de la Mythologie* P.U.F. 1951
Ange HESNARD *Manuel de sexologie* Payot 1951
Edgar MORIN *L'homme et la mort* Seuil 1970
Violette MORIN et Joseph MAJAULT *Un Mythe moderne: l'érotisme* Casterman 1964
Jacques RUFFIE *Le sexe et la mort* Seuil/Odile Jacob 1986
Robert SABATIER *Dictionnaire de la mort* Albin Michel 1967
Louis-Vincent THOMAS *Anthropologie de la mort* Payot 1975
Carl VAN BOLEN *Geschichte der erotik* Vienne-W. Vertauf 1951
Michel VOVELLE *La mort et l'Occident* Gallimard 1983
Gérard ZWANG *La fonction érotique* Robert Laffont 1972

Philosophie/Littérature

Albert BEGUIN *L'âme romantique et le rêve* José Corti 1939
Norman BROWN *Eros et Thanatos.* Denoël 1969
CHRISTIAN DELACAMPAGNE « L'antipsychiatrie, la contre-culture et la mort » in *Bulletin de la société de thanatologie* n° 53- 1982
Claude ELSEN *Homo eroticus -Esquisse d'une psychologie de l'érotisme* Gallimard 1953
Pierre FERRAN *Le livre des épitaphes* Les éditions ouvrières 1973
Georges GARGAM *L'amour et la mort* Seuil 1959
Michel GUIOMAR *Principe d'une esthétique de la mort* José Corti 1967
Vladimir JANKELEVITCH *La mort* Flammarion 1966
Raymond JEAN *La poétique du désir* Seuil 1974
Michel LEIRIS *L'âge d'homme* Gallimard 1946
Maurice LELONG *Célébration du cimetière* Robert Morel 1962
Michel de M'UZAN *De l'art à la mort* Gallimard 1977
Frédéric NIETZSCHE *Ainsi parlait Zarathoustra* Gallimard 1985
Mario PRAZ *La chair, la mort et le diable* Denoël 1977
Max SCHELER *Mort et survie* Aubier 1952
Arthur SCHOPENHAUER *Métaphysique de l'amour métaphysique de la mort* 10/18 1969
Etienne SOURIAU *La couronne d'herbe* 10:18 1975
TEXTES ET DOCUMENTS POUR LA CLASSE *Le temps du deuil* n° 338 1984
Alberto TENENTI *Sens de la mort et amour de la vie* S. Fleury 1983

Jean-Pierre VERNANT « Figures féminines de la mort en Grèce » in *Bulletin de la société de thanatologie* n° 53 -1982
Paul VAN THIEGHEM *La poésie et la nuit et des tombeaux en Europe au 18ème siècle* Rieder 1921

Mentalités/Sociétés

Jean BAUDRILLARD *De la séduction* Galilée 1979
Jean CLAVREUL in *Le désir et la perversion* Seuil 1967
Françoise d'EAUBONNE *Le complexe de Diane* Julliard 1951
Françoise d'EAUBONNE *Eros noir* Le terrain vague 1962
Jean-Louis DEGAUDENZI « Nécropolis » in *Le nécrophile de Gabrielle Wittkop* Régine Deforges 1972
Lo DUCA *Droits de l'érotisme et droits à l'érotisme* Jean-Jacques Pauvert 1966
Franco FORNARI *Sexualité et culture* P.U.F. 1980
Werner FUCHS « Todesbilder » in *der modernen gesellschaft Suhrkamp* Verlag 1969
Geoffrey GORER *Death, grief and mourning* Cresset Press 1965
Pascal HINTERMAYER *Politiques de la mort* Payot 1981
Anne-Marie et Charles LALO *La femme idéale* Savel 1947
Gilbert LASCAULT *Figurées, défigurée, petit vocabulaire de la féminité* 10/18 1977
Thierry MAERTENS *Le jeu du mort* Aubier 1979
Herbert MARCUSE *Eros et civilisation* Editions de Minuit 1963
Ruth MENAHEM « Angoisse de mort et différence de sexe » in *Bulletin de la société de thanatologie* n° 40 -1978
Ruth MENAHEM *La mort apprivoisée* Editions universitaires 1973
Sigrid METKEN *Die letzte reise* Munchner stadtmuseum 1984
John MORLEY *Death, heaven and the Victorians* University of Pittsburg Press 1971
René NELLI *Erotique et civilisation* Weber 1972
Linda NOCHLIN *Woman as sex object* Penguin book 1973
Hélène REBOUL « La femme, la vieillesse et la mort » in *Bulletin de la société de thanatologie* n° 40- 1978
William ROSSI *Erotisme du pied et de la chaussure* Payot 1978
Léonie ROUZADE *Discours sur le rôle social de la femme* Imprimerie générale et administrative 1893
Louis-Vincent THOMAS *Rites de mort* Fayard 1985
Jean-Didier URBAIN *La société de conservation* Payot 1978
Jean-Didier URBAIN « Le mort-là » in *l'écrit -voir* n° 8 « Figures de la mort » 1986
Roland VILLENEUVE et Jean-Louis DEGAUDENZI *Le musée des vampires* Henri Veyrier 1976
Ornella VOLTA *Le vampire* Jean-Jacques Pauvert 1962
Charles WALDEMAR *Magie des sexes* CEPE 1958
Olga WORMSER *La femme dans l'histoire* Correa 1952
Eugène WEBER *Fin de siècle* Fayard 1986

Religion

François Xavier ARNOLD *La femme dans l'église* Les éditions ouvrières 1955
E. BERTHOLET *Mystère et ministère des anges* Editions rosicruciennes Pierre Gallimard 1963
Paul BUISSON *Saint Angèle de Foligno parle de l'union à Dieu* Editions franciscaines 1943
Roger CAILLOIS *L'homme et le sacré* Gallimard 1970
Jean DANIELOU *Les anges et leur mission* Editions Chevetogne 1953
Jean DELUMEAU *Le péché et la peur* Fayard 1983
Père Paul DONCOEUR *La sainteté de la femme* Editions de l'Orante 1938
Maurice DONNAY *La femme et sa mission* Plon 1941
Docteur Michel DUGAST-ROUILLE *Catholicisme et sexualité* Editions du Levain 1953
Pierre EMMANUEL *La vie terrestre* Seuil 1976

Paul EVDOKIMOV *La femme et le salut du monde* Casterman 1958
Lucien FARNOUX-REYNAUD « L'église et le mariage dans la sexualité » *Crapouillot* n° 34 1956
V. des HETRES *La doctrine catholique est-elle opposée à l'égalité des sexes et à l'émancipation des femmes ?* Editions de l'idée libre 1935
Solange LEMAITRE *Textes mystiques d'Occident* Plon 1955
Gina LOMBROSO *L'âme de la femme* Payot 1937
O. PIPER *L'évangile et la sexualité* Delachaux et Niestlé 1955
Giorgio QUARTARA *La femme et Dieu* Au sans pareil 1934
L. SCHREYER *Les anges* Desclée de Brouwer 1955
Walter SCHUBART *Religion und Eros* C.H. Beck'sche 1941 Verlagsbuchhandlung
Gertrud VON LE FORT *La femme éternelle* Editions du Cerf 1946
Jean-Noël VUARNET *Extases féminines* Arthaud 1980
Jean-Noël VUARNET « Le séducteur malgré lui » in *La Séduction* - Colloque de Bruxelles Aubier

Art et Architecture

Peter ANDREAS *Im totengarten* Haremberg 1983
Philippe ARIES *Images de l'homme devant la mort* Seuil 1983
Robert AUZELLE *Cimetières et tombeaux* Editions du Cerf 1949
Robert AUZELLE *Dernières demeures* Librairie Mazarine 1965
Ezio BACINO *I golfi del silenzio* Lalli 1979
Félix BARKER *Highgate Cemetery Victorian Valhalla* John Murray 1984
Robert BENAYOUN *Erotique du surréalisme* Jean-Jacques Pauvert 1966
BIBLIOTHEQUE DES CURIOSITES *La mort et les sépultures* Lebigre, Duquesne 1868
Jacques BONHOMME *L'art érotique* L'or du temps 1970
Pierre CABANNE *Psychologie de l'art érotique* Somogy 1971
Gianni CARCHIA *Estetica ed erotica* Celuc Libre 1981
André CHABOT *Le petit monde d'outre tombe* Cheval d'attaque 1978
Kenneth Clark *Le nu* Hachette 1987
James Stevens Curl *A celebration of death* Constable 1981
Zofia CZYNSKA *Cmentarz Powarzkowski* Krajowa Agencja Wydawnicza 1984
César DALY *Spécimens de tombeaux* Ducher et Cie 1871
Robert L. DELEVOY *Le symbolisme* Skira 1977
Michel DANSEL *Au Père Lachaise* Fayard 1973
Michel DANSEL *Les cimetières de Paris* Denoël 1987
Vincent DE LANGLADE *Le Père Lachaise par les timbres-poste* Vermet 1982
Richard A. ETLIN *The archictecture of death* Massachussets Institute of Technology 1987
Jérôme FANDOR « Des vamps sculpturales » *Revue Fascination* n° 14 1981
Florent FELS *Eros ou l'amour peintre* Edition du Cap 1968
Hervé GAUVILLE « Madeleine en cheveux » *Libération* des 13 et 14 août 1988
Edmund V. GILLON JR Victorian *Cemetery art* Dover 1972
GISANTS ET TOMBEAUX DE LA BASILIQUE SAINT DENIS *Archives départementales de la Seine Saint-Denis.* Bulletin n°3 1975
Giovanni GRASSO et Graziella PELLICI *Staglieno* Sagep 1974
Koos GROEN et Annet Van den BROEK *Hun laatste rustplaats* Bosch and Keuning 1985
Jacques HILLAIRET *Les 200 cimetières du vieux Paris* Editions de Minuit 1958
Henriette E. JACOB *Evolution de la sculpture funéraire en France et en Italie* Erven Koumans 1950
Jean-Pierre JOEDKER et Michel DEL CASTILLO *Saint Sébastien, Adonis et martyr* Persona 1983
Franz KILLMEYER « Friedhofe » in *Wien Jugend und volk* 1986
Ernö KUNT Folk *Art in hunganian cemeteries* Corvina Kiado 1983

Charles LAPICQUE « L'art et la mort » *Revue de métaphysique et de morale* 1959

Jean LAUDE « Problème du portrait: images funéraires et images royales » in *Journal de Psychologie normale et pathologique* n° 4 P.U.F. 1965

Marcel LE CLERE *Cimetières et sépultures de Paris* Guide bleu Hachette 1978

Antoinette LE NORMAND-ROMAIN « De la mort paisible à la mort tragique » in *La Sculpure française au 19ème siècle* Catalogue de l'exposition au Grand Palais de Paris 1986

Yann LE PICHON *L'érotisme des chers maîtres* Denoël 1987

Edward LUCI-SMITH *L'érotisme dans l'art occidental* Hachette 1972

William MAC LEAN *Contribution à l'étude de l'iconographie populaire de l'érotisme* Maisonneuve et Larose 1970

Pierre MARIEL *Guide pittoresque et occulte des cimetières parisiens* La table ronde 1972

Claude Roger MARX *Cimetières et tombeaux* L'art sacré n)3-4 1949

Hugh MELLER *London Cemeteries* Gregg internatonial 1985

Paola MOTTA *Cimetero di Staglieno* Sagep 1986

Isolde OHLBAUM *Denn alle lust will ewigkeit* Delphi 1986

Bernard OUDIN *Funéraires* Chêne 1979

Marie-Laure PIERARD *Le cimetière Montparnasse* Michel Dansel 1983

Michel RAGON *L'espace de la mort* Albin Michel 1981

Maurice RHEIMS *Les sculpteurs du 19ème siècle* Hachette 1979

Aloïs RIEGL *Le culte moderne des monuments* Seuil 1984

César RIPA *Iconologie* 1677

Gabriel ROUCHES « Les sculpteurs italiens » in *Histoire de l'art* Colin 1925

Willy SCHINDLER « Das erotische element » in *Literatur und Kunst Der Verfasser* 1907

Cornelius STECKNER *Museum friedhof* Stapp Verlag 1984

Enrico STRAUB *Berliner Grabdenkmäler* Hande und Spener 1984

Thomas SVOBODA *Angels and Cemeteries* Revue K 1985

Stanislas SZENIC *Cmentarz Powazkowski* Panstwowy Instytut Wydawniezy 1983

Georges TEYSSOT « L'objet perdu » in « l'Architecture et la mort » *Monuments historiques* n° 124

Johannes THOLLE *Denn Stille haves historie* Frederiksberg 1961

Guy VAES *Les cimetières de Londres* Jacques Antoine 1978

Ragnar VON HOLTEN *L'art fantastique de Gustave Moreau* Jean-Jacques Pauvert 1960

S. VIGEZZI *La scultura italiana dell'ottocento* Ceschina 1932

Marie Claude VOLFIN « Lieux et objets de la mort » in *Traverses* Editions de Minuit 1975

Michel VOVELLE et Régis BERTRAND *La ville des morts* Editions du CNRS 1983

Patrick WALBERG *Eros modern style* Jean-Jacques Pauvert 1964

Peter WEBB *The erotic arts* Secker and Warburg 1983

Françoise ZONABEND *La mémoire des sépultures* Autrement n° 14 1978

TABLE DES MATIERES

PRÉAMBULATION 7
ET MOURIR DE PLAISIR.. 23
LA LEGENDE DES SEXES... 45
CAR L'AMOUR ET LA MORT N'EST QU'UNE MEME CHOSE... 57
RELIQUAIRE DES AMOURS TOUJOURS 75
PÉCHÉ D'AMOUR, PÉCHÉ MORTEL 95
LA-FEMME-POUR-DIEU 107
LA-FEMME-POUR-L'HOMME 117
SUR LE LIT DE LA CROIX 135
DE L'ANGÉOLOGIE ET DU SEXE DES ANGES 143
QUELQUES LARMES D'AMOUR POUR CEUX QUI NE SONT PLUS 151
DONNER UNE FORME PURE A LA VOLUPTÉ 163
BELLE COMME UN REVE DE PIERRE 173
LES SECRETS FRISSONS DES MARBRES 183
PHANTASMOBJET DU DÉSIR 191
CRÉATURES EN MAJESTÉ 205
LE MOMENT DE LA FIN 213
DERNIERS DEVOIRS 217
ORIENTATION BIBLIOGRAPHIQUE 219